Himmelhohes Krähengeschrei

Das wird eine gute Nacht.
Das wäre eine schönere Nacht mit meiner Liebe,
mit dir. Wir kämen zurück zur Erde,
und sie wäre kein umgestürzter Hafen.

Hermann Kinder

Himmelhohes Krähengeschrei

Kammerprosa

Drei Tage auf dem Jakobsweg, beginnend am Bodensee, weit vor Compostela endend mit dem Versuch, rasch das Glück zu packen

Libelle

Mir träumte, ich würde mich wie alle Pilger
ins Gelingen verlieben.

Ein erster Tag

(frühlingshaft, mit Wut)

Zwei Lieben waren mir implodiert. Die eine belehrte mich, dass Liebe eine Idee sei, die nur vorüberfliegend an einen Körper andocke. Die andere las lieber von Liebe und zog bald mit ihren Büchern wieder aus. Die letzte Liebe hielt, bis sie einer mit Gelhaar in einem scheibenschwarzen GTI auf einem Zebrastreifen über Kühler und Dach hinter sich warf. Das Gehirn war durch die Rippen des Radhelms getreten. Arme und Beine der Liebe lagen wie ein Hakenkreuz. Während sich der Prozess um Rot oder Gelb oder Grün hinzog, fiel ich in Unmacht. Aufstehen, riet ich mir und verweigerte den Befehl. Ich stopfte die Nase in unser Bettzeug, roch aber die Trüffeln nicht mehr. Die Mutter der Liebe warf mich aus der Wohnung, wechselte das Schloss und klagte auf Herausgabe des Besteckkastens aus Olivenholz, den die Liebe mir geschenkt hatte, was ich nicht beweisen konnte. Mir schmerzte das Herz vom Verliegen. *Da bin ich zur Sonne gegangen. Und als ich zur Sonne kam, waren es kleine goldene Mücken, vom Neuntöter auf Schlehendornen gespießt. Und als ich zurück zur Erde wollte, war sie ein umgestürzter Hafen. Und da war ich allein. Und ich habe mich hingesetzt und geweint.*

Ich war meine »Woyzeck«-Dramaturgie los, und aus der Welt der Arbeit schallte nicht zurück, was meine Bewerbungen hineingerufen hatten. Ich wollte weit weg und suchte Arbeit in Konstanz, das, das wusste ich vom Lied, am fast schon italienischen Bodensee liegt. Ich schickte meine Info-Bitte in die Schweiz, die sie mir dreisprachig unbekannt zurückschickte. Ich fuhr mit der Bahn, bis sie endgültig stehen blieb. Ein dralles Betonweib im Wasser hielt Papst und Kaiser als Kümmerlinge hoch. Ich traute ihr nicht. Mal bedienen im K9, mal beim Mittelalteressen im Archäologischen Landesmuseum Bioschweine auftragen mit Schellenkappe. Dann Bücher einstellen in der Universitätsbibliothek, die sie Bib nennen. Die Geschichte der Männer, nachgeschrieben von Männern, las ich unterm kalten Neon und ließ die Jahreszahlen verwirrt hinter mir. Liebelos lebe ich hier und suche mein Heil in der Flucht und halte mich an die Weiser des Schwabenweges, die vom Konstanzer Münster nach Compostela in Spanien zeigen. Die Liebe hatte den Jakobsweg Frankreich-abwärts machen wollen, auf ihrem Bike. Alleine und zu Fuß nahm ich mir weniger vor.

Platt und blau liegt der Bodensee mit dickem, nach Süden hängendem beinlosen Rumpf und streckt seine missgebildeten Armstummel nach Westen. Schiffe wie Schimmel. An der südlichen Achsel des kopflosen Torsos liegt, gespickt ins Schweizer Ufer, Konstanz. Die Jakobs-Pilger, unter tückischen Winden und zu teuer abgepresstem Fährgeld übergesetzt von Meersburg, sammelten sich am Münster. Müde waren sie, geschunden an Füßen und Knien, etwas lumpig, voll von Krätze, Läusen, Flöhen, Grind. Aber fromm und willens, bis über die Pyrenäen zu gelangen. Vorerst bis Einsiedeln. Herbergen reihten sich bis nach Spanien wie Kilometersteine. Ein Volksmarsch. Die Luft voller Prozessionsgemurmel. Vom Münster am Falken vorbei, Grödeli, an der Jakobshöhe und an der Kapelle Bernrain, am Löwen von Schwaderloh, bei Amlikon mit einem Fährfloß über die Thur, und höher ins Land hinauf bis zum Hörnlipass, und dann hinab zum Ende des Zürichsees, und hinüber nach Einsiedeln – so traten sie ihre Sinnspur auf der Suche nach Erlösung, nach dem Versprechen von Glück über die Wiesen, durch die Wälder, in den Schnee der Berge bis Compostela und wieder zurück. Die Herbergen wurden allmählich sicherer, die Wälder bärenlos, den Wölfen war das Fell über die Ohren gezogen worden. Steigungen in brennender Sonne ließen sich mit Bussen und Bahnen überwinden. Zur Feier des 700-jährigen Bestehens der Eidgenossenschaft machten sich der nordostschweizerische Kanton Thurgau und die Schweizerische Mobiliar Versicherungsgesellschaft ein Geschenk. Sie errichteten an der Schwabenweg genannten, rekonstruierten Teilstrecke des Jakobsweges zwischen Bodensee (genauer: zwischen der Mariensäule des Konstanzer Münsters) und dem höchsten Berg des Kantons, dem Chli Hörnli, hübsche weiße Stangen mit zierlich steiler Pickelhaube und einem weißen Schild, verziert mit einer gelben Jakobsmuschel auf europäisch blauem Grund. Es war ein sehr heller Vorfrühlingstag, als am 19. März 1991 der Baudirektor Schmidli den Schwabenweg in der St.-Jakobs-Kirche von Märstetten eröffnete. Unter Jubel, Jauchzen, Singen und Abrauchen eines Villiger-Kiels oder Krummen Hundes zogen die wahl- und heiratsfähigen Männer, sofern sie durchhielten, mit dem ersten frischen Grün an Hüten und Kappen von Märstetten bis zum Rütli, wo sich alle schweizerischen Pilgerwege wie im Mittelpunkt eines Sternes treffen.

Ich hatte mich eingemietet im autobahnverschweißten Stadtteil Paradies. Scheint die Sonne, sitzt der alte Mann auf dem Balkon neben mir und hält sein fleckiges Gesicht hoch und die fleckigen Hände, wofür er sich erhöhte Handhalter an seinen Balkonstuhl hat anbringen lassen unter dem blauen UV-Abwehrschirm, denn Hautkrebs mag er nicht kriegen. Solange seine Frau noch lebte, hat er sie zum linksrheinischen Metzger, wo es den besten Fleischkäse gibt, geschickt und dann, aber dalli, damit sie noch warm sind, über die Brücke zum rechtsrheinischen Bäcker, wo es die besten Laugenbrezeln gibt. Nun ist seine Frau tot, und er bekommt, lecker & leicht, Essen auf

Rädern, mit dem, täglich um 11 Uhr 22, ein junger Mann, dessen rote Jeans über dem Geschlechtsberg weiß sind, heraufspringt über zwei, hinab über drei Stufen. Noch aber steht der Mercedes des alten Mannes vor dem Haus dort, wo benachbarte Lehrer gern ihren Campingwagen überwintern würden, und der alte Mann wirft alle drei Tage aus dem dritten Stock wassergefüllte Luftballons auf seinen am Kühlergrill mit der silbernen ADAC-Plakette gezierten Mercedes, weil er nicht mehr hinunter kann und ihn putzen, was freitags seine Frau hatte tun müssen. Auf dem Balkon unter mir stehen die Bierkästen des Professors, der seine Balkontür leise, aber räuspernd öffnet und eine Flasche in den Bierkasten und eine herausrappelt. Als ich dem mit zwei Bierkästen beschwerten Professor auf der Treppe begegnete, schnaufte er: Nur noch geistige Getränke! Seit er sich beim Bäcker, der nun Tchibo sei, im Deckel eines Edelstahltopfes gesehen habe, koche er nicht mehr. Er habe ein weitwinkelbreit gezogenes Ochsenmaul gesehen, Seehundsaugen, rote Rübezahlnase, Flugohren, und als er die Lippen geöffnet habe, habe ihn eine Schindmähre angebleckt mit schwarzen Flusspferdzähnen. Außerdem vertrügen sich Ballaststoffe und Forschung nicht. Des Menschen Unglück an sich sei seine Grabesschwere; wie erst des heutigen Menschen, der wisse, dass erstmals in der Geschichte der Menschheit ein

Mensch ohne Grabesschwere nicht nur vor-, sondern tatsächlich herstellbar sei. In hundert Jahren, wenn alles unsterblich sei, müsste man forschen können. Denn: Wer zu früh forscht, den bestraft der Tod.

Das Haus ist alt, das Paradies steht auf Schwemmland. In der Nacht, bevor ich aufbrach, war ich aus dem Bett gesprungen. Es war wie ein freundliches Sirren von fern gewesen. Ein Klingeln erst. Als schlügen im Zug des nach einem Fest geöffneten Fensters die Glaszapfen eines Kronleuchters aneinander. Dann klirrten die Fenster. Dann knarrten die Fensterrahmen, ächzten die Türen und Wände. Es ist nicht irgendein Wackeln. Es ist eine tiefe Erschütterung, als gründe die feste Erde auf Götterspeise. Und etwas in mir ließ mich, obwohl ich noch schlief, mich aus dem Bett und auf den Boden werfen. Mein Gesicht drückte ich auf die nach altem Wachs riechenden Bohlen, in deren Fugen sich Schuppen, Schuhdreck, Krumen, Wein, die Haare meiner Vorbewohner gesammelt hatten, in denen sich Liebesperlen verbargen, der Knopf einer Puppe, eine glänzende Kugellagerkugel, deren Unauffindbarkeit einmal ein ganzes Kinderunglück gewesen war, Rattengift, ein Autorad, der abgebrannte Docht einer Totenkerze. So lag ich, die Backe auf die Bohlen gedrückt, auf der unzuverlässigen Erde. Dann war alles wieder still, stiller als sonst um vier, als hielte das Paradies nach dem Beben erschreckt den Atem an. Ich schlief nicht mehr ein.

Ich lief einfach los. Aus dem Pub wanken zwei jüngere Herren mit Musikmaschinen auf den Schultern und hupfen durch die Mountainbiker und erreichen die Buschecke vor der Schottenkapelle, wo sie sich, gröhlend, gegenseitig an die Beine brunzen. Schon haben sie Hundekot unter den Schuhen und Bierdosen in der Hand.

Von der alten Rheinbrücke hinab in den kühlen, schnellen Rhein gestoßen wurde anno 1747 das Mergelskelett einer nach glühenden Zangen und erfolgter Streckung geständigen Ehebrecherin, welche zu Aushungern und Verdursten und Ertränken verurteilt worden war, einzig das gebratene und in lange dünne Streifen geschnittene Fleisch ihres leugnerischen Liebhabers durfte sie essen und das in Wasser aufgelöste Mehl seiner Knochen durfte sie trinken aus dem ungehäuteten, unenthaarten Schädeldach ihres Liebhabers, bis sie ein lebendig Grab ihres unzüchtigen Beschälers geworden war. Bevor sie aber verhungert und verdurstet war, wurde die nackte und deshalb in all ihrer hässlichen Verwurmtheit erkennbare Ehebrecherin in einen Weidenrutenkäfig gebunden und dieser zwischen zwei Kähnen langsam und Stück für Stück versenkt, bis zu den Knien, zur Scham, zum Nabel, zu den Brüsten, bis zum Kinn und wieder bis zu den verdursteten Brüsten, bis zum Kinn, zur Unterlippe, *bis das ellend Mensch gar verdarp und irsuff.*

Gewölk wie Fliesen über den lauschigen Dachgärten, von denen die Geranien und Oleander hängen. Der Himmel immer noch himmelblau. In der Gasse hinter dem Löhlinbad lauert ein Akademiker der italienischen Köchin auf. Von Dachgarten zu Dachgarten, von Wäsche zu Wäsche hüpft ein Klettermaxe und stopft sich Delikates in die Hose. Im hochbarocken Notariat ist einem Notar leid, die immer gleichen Verträge mit immer gleicher Intonierung vorzulesen. Was, fragte sich der Oberrat, gäbe noch Erdung und Sinn? Nur das Geheimnis fremder Frauen im Kaufhausbistro, wo er zu Mittag isst. Wenn niemand kommt und niemand geht, läuft er heiß und schnell ins Damenklo und hört das Reiben der Kleider, der Hosen und Höschen. In das elegant renovierte Haus Die vordere Reusche kam ein 34-Jähriger nach Hause: Mama, ich hab Hunger! Die 41-jährige Ehefrau tischte ihm Grünkohl auf. Den mochte er nicht. Er schüttete die Schüssel mit Grünkohl der Ehefrau über den Kopf. Die verbrannte sich im Gesicht und schrie. Da warf er sie durch das geschlossene Fenster auf die Gasse vor dem Haus Zur hinteren Reusche, 1382, und kraulte seinen gefälligen Rüden, der, während die

Frau durch die Fensterscheibe splitterte, kurz sein linkes Augenlid gehoben hatte.

Die Reisenden zählen die Stufen im grün verhüllten Münsterturm, um außer Atem herabzusehen und Ah zu rufen: die Winkeldächer, der weite blaue See, die brennenden Rapsfelder den Berg hinauf, diese Schönheit hier. Weit unter ihnen begann der Schwabenweg der Pilger in der Mauritius-Rotunde des Münsters Unserer Lieben Frau. In der Mitte der Rundkapelle steht die Nachbildung des Grabes Jesu, Rorschacher Sandstein, einzigartig, vermutlich 1283. Der kleine Rundtempel ist von straffer architektonischer Fügung und, genauer besehen, kein Rund, sondern ein Zwölfeck. Auf den zwölf Ecken der verkleinerten Jerusalemer Grabeskirche, an der die Pilger aufbrachen, stehen die zwölf Apostel. Der mit dem Schlüssel ist Petrus, der mit dem Schwert Paulus, dem haben sie die Rübe abgehauen. Die anderen haben sich mir nicht vorgestellt. Er lacht, sie nicht. Und hier die Weihnachtsgeschichte: Verkündigung des Engels, die Anbetung der Heiligen Drei Könige, die weder heilig noch drei noch Könige waren. Er lacht, sie nicht. Sein Knebelbart ist grau, zwischen den Kunstzähnen steht noch ein alter, tabaksbraun. Auf der verblassten Unterlippe ein tintiger Altersfleck. Sie ist indianerklein, um die Hüfte aufgegangen, borneoschwarz und dreißig Jahre jünger. Er trägt eine bis in die Knie hängende schabweiße Jeans und eine schwarze Jeansjacke wie einen Pinguinfrack, aus dem Bauch und Zoom vorspringen. Ins Heilige Grab können sie nicht kommen. Er zieht sie, sie beugt sich über die rote Sperrschnur. Das ist, liest er vor, die erste figürliche Darstellung von Hypokras, dem Apotheker, in der einen Hand die Lupe, die andere rührt in einem Salbengefäß mit einem Stößer oder Stößel. Er lacht, sie nicht. Sein Hintern füllt die von ihr gebügelten Jeans nicht aus. Und nun schau ins Innere, befiehlt er. Sie beugt sich weiter vor, und unter ihrem roten Rock treten die Linien ihres Slips hervor. Tatsächlich, da steht der heilige Jakob, Pilgerstäbe und mit Muscheln verzierte Pilgertaschen in den Händen. Anschnallen, lacht der Graubart, sonst hupfen dir die Möpse raus. Er zieht sie hoch, sie fließen vor der Helle des Kreuzgangs zu einer siamesischen Silhouette zusammen. Und dann Fischessen und dann ruckizucki, aber hallo, und danach Rilke, der auch am Bodensee war: *Jedes Frauengesicht ist eine Verheißung, die nur du erkennst. Sich-Wiegen in den Sommerwinden, die in den Kleidern warmer Frauen sind.*

Nun wieder blau und die Schwalben hoch. Vom Gerüst am Münsterturm fallen, nachdem sie ihren Trunk gehabt im Münsterhof, drei Herren hinunter in den Bronzebrunnen, der wieder kein Wasser führt. Zwischen Sankt Johann und Tantris reiben zwei Burschenschafter der Bajuvaria einen Salamander. Dann heiraten sie die Töchter des Baubürgermeisters und fahren mit ihnen Tandem. Vor der Südseite des Münsters werfen Boulespieler ihre blank geputzten Kugeln durch die Sonne. Die fallen deutsch schreienden Türkenkindern auf den Kopf. Vom Münsterhügel liefen die Pilger die Hussenstraße hinab, durchs Schnetztor und in die Vororte ins Thurgauische. Vor dem Wessenberg sitzen unter Sonnenbrillen Herren mit Hundescheißeschuhen, die sie auf die Sessel neben sich stellen, und beißen herzhaft von den vorübergehenden Schlitz- und Beuteltieren ab.

Der Professor mit dem roten Gesicht entleert seinen verkodderten Rucksack in den Glascontainer auf dem Stephansplatz. Ein Täuberich schüttelt seinen fetten Hals. Ein Schädel mit grünem Kamm panzert auf seinem Brett, macht Lärm und Rums, springt und fliegt und rumpelt krachend zu Boden. Der Grüne fliegt kopfvoran in einen Schwarzkopf mit geliertem Haar, der reitet sein Bike mit abgespreizten Schenkeln; Sonnenbrille und Gestapolederjacke, an der noch Kratzspuren zu sehen sind. Der Schwarze fällt, der Schwarze schreit. Tschuldigung, sagt der Grüne, talgt seine Lippen und ohrfeigt mit dem aus dem Rucksack ragenden Tennisschläger einen Unbescholtenen. Der Unbescholtene tritt erschreckt auf eine Taube. Einer schreit über den Platz: Hast du sie gefickt? Klar hab ich sie gefickt! Hast du sie in den Arsch gefickt? Klar hab ich sie in den Arsch gefickt! Alle hören hin und weg. Eine mit schwarzem Lackhaar, schwarzen Lippen, schwarzen Hosen tritt mit hohem schwarzem Fuß die Zigarette aus und schaut an ihrem Busen hinunter. Eine platt gefahrene Taube spreitet nur einen Flügel schillernd wie bei Dürer, der andere Matsch, Federn, Blut, Gedärm. Der Fahrradsänger hat in den Lenkerkorb ein Radio gebunden und singt laut mit: Ich bin wieder hier! Ein Liebespaar in Hand- und Knieschonern skatet seine Runden. Sie Walkman, er Handy. Sie lächeln sich an und rollen aufeinander zu und knallen, zwei bessere Hälften, zu einem allerletzten Kuss zusammen. Aus ihren Rucksäcken rinnt das Mineralwasser aus den zerborstenen Flaschen.

In der Hohenhausgasse sagt ein Herr: Momentchen. Er verschwindet untenherum hinter einer Mülltonne, während er obenherum sein Handy zwischen Backe und Schulter klemmt. Unten schiebt sich ein Schaumbach unter der Tonne hervor. Oben ruft der Herr: Die größte Enttäuschung war, als sie aus dem Büstenhalter stürzten. Hinterm Woolworth schreit ein Herr: Immer deine Einkaufsscheiße! Wer soll das alles fressen! Schau meinen Ranzen! Am Kaiserbrunnen führt das Altstadtfest dicke Damen, und die führen Po-Up-Slips vor, auch Hängerchen. Die Augensieder halten ihr Fettpfännchen auf und stehen in Mänteln und Sehnsucht. Vor dem Haus Zum Safran, 1509, zieht ein Herr die neue Brille auf und schreit: Das hast du nun davon! Nun sehe ich scharf und habe eine hässlich alte Frau.

In der ehemaligen Kirche St. Jodok kehren schwül duftende, aber unberührbare Studentinnen mit süßen Augen und Aldi-Sekt Lüstlingen die Taschen um. Der Bischof Rudolph von Berg ließ sich Nacht für Nacht fünf der schönsten Konstanzerinnen kommen. Keine nahm er zweimal, weil nur die Penetration einer Jungfrau Tripper, Syphilis, Filzläuse und harten Schanker heilt. Bald gab es keine Jungfrauen mehr im Umkreis, und die nachwachsenden waren krank an Triefaugen, Hautbeulen, übel riechendem Ausfluss. Die bischöflichen Jungfrauenfänger schwärmten aus bis nach Vaduz und Tuttlingen. 1347 hieß Rudolph fünf Häretiker, die nicht nur keusch lebten, sondern das auch von Bischöfen forderten, vor St. Jodok nackt Platz nehmen auf dem zum Glühen gebrachten Blatt des breiten Richtschwerts. Penis, Hoden und Pobacken waren gleich bis auf die Knochen verbrutzelt. Der Bischof ließ nachheizen. Drei der Malifikanten wurden vom Schmerz und dem Gestank und Dampf ihres eigenen Fleisches in die Ohnmacht gerettet, obwohl des Scharfrichters Knecht sie mit Spießen wieder zu Sinnen zu stacheln versuchte. Fleischgestank und Männergeschrei. Im früheren Gasthaus Zum Pilgerstab bietet jetzt eine Schönheitsinsel Biokosmetik-Behandlung und ganzheitliche Heilkräuter-Essenztherapie an. Fußpflege hätten die Pilger gebraucht, Cellulite-Behandlung weniger.

Die Sonne legt die Straße trocken. Macht den Wald den Berg hinauf dampfen aus seinen Tobeln. Der Himmel über dem Berg eine immer strahlender werdende Verheißung, in dem kleine Adler kreisen. Das schwere Tiefbaugerät hat den Saubach fortgebissen, die Kleingärten vor der Grenze niedergerissen. Die Autobahn krakt heran. Durch das von den Erdbewegungsmaschinen gehäutete Tägermoos waren vor 499 Jahren die Kaiserlichen, die habsburgischen Tiroler und der Schwäbische Bund mit den um ihre Ländereien besorgten Konstanzern gegen die aufmuckende Eidgenossenschaft gezogen. Die Kaiserlichen rückten noch vor der Dämmerung über strohbedeckte Brücken leise aus der Stadt. Sie vermuteten die Hauptmacht der Eidgenossen im nahen Seedorf Ermatingen. Als die Fürstenberger und Waldburger Triboltingen abbrannten, rochen die Eidgenossen den Braten und setzten sich ab. Die genasführten Kaiserlichen erschlugen dafür die Ermatinger. Frauen, Kinder, Alte wurden auf den Friedhof gejagt und umgebracht mit Schwert,

Hackbeil, meist mit dem Spieß. Einem alten Mann, der in die Kirche geflohen war, wurde am Altar, vor dem er kniend betete, der Kopf abgehauen. Ermatingen abgefackelt, Mannenbach ebenso. Bevor die Kaiserlichen sich zurück nach Konstanz machten, füllten sie Säcke, Kisten, Wagen mit Korn, Wein, Gewändern, Hausrat, Kirchengerät, Altarbildern. Da aber fielen vom Seerücken, von Schwaderloh herab die Thurgauer und Innerschweizer über die zehnfache schwäbische Übermacht. Die Fußkrieger wurden von den Eidgenossen in die Gräben von Schloss Gottlieben, in den Rhein, in die Sümpfe des Tägermooses gejagt und vor den Mauern der Stadt, deren Tore geschlossen waren, nahezu Mann für Mann von Mann für Mann niedergemacht. Die Reiter retteten sich in Ermatingen auf ein Schiff, das mit der Überlast von Mann und Ross unterging. *Die Angst der schwäbischen Landsknechte war so groß, dass selbst diejenigen, die von eidgenössischen Frauen vor dem Tode des Ertrinkens aus dem Rhein gerettet worden waren, wieder in den Rhein flohen, andere, die sich nach Konstanz hatten flüchten können, über die Rheinbrücke weiterrannten bis Ravensburg, um sich in Sicherheit zu bringen. Die entkleideten Leichen füllten das Tägermoos, wo si von den voglen und wilden tieren ferzert und sunst verwasen.* Keiner der Kriegsherren pilgerte nach Santiago. Sie verzehrten ihre Latifundien in Ruhe. Nur ein nun beinloser Hellebardier stieß sich mit fellgepolsterten Händen vorwärts auf einem Räderbrett, wollte Jakob um Vergebung bitten, verscholl irgendwo oberhalb von Allenwinden, am Hörnli, im Schnee.

Am Kreuzlinger Bahnhof schubst der Wind ein Heft über den zugigen Boden zwischen Kiosk und Schaltergebäude ein Stückchen dahin, dann ein Stückchen in eine andere Richtung. Es weht, rutscht immer näher auf die Gruppe der kleinen dunklen Tamilen zu, die, auf ihre Ausschaffung wartend, immer am Bahnhof stehen. Der Wind hat das Heft aufgeblättert, und vor den Tamilen liegt eine blonde weiße Frau, mit dem Oberkörper, den Brüsten auf den Boden gequetscht. Sie hält mit hinter sich gestreckten Händen den Po auseinander, sodass das etwas dunkler umrandete Sternenloch und die rasierte Scheide vorplatzen. Ihr Rücken ist eine magere Kette spitzer Wirbel. Keiner der Tamilen scheint auf das Heft zu ihren Füßen zu schauen. Sie heben es nicht auf, sie lachen nicht. Der Wind treibt das Heft von den Tamilen weg, den Gleisen zu. Ruckend, wischend verschwindet das Heft hinter der Ecke zu den Wartesälen. Die kleinen dunklen Männer folgen ihm, Schritt für Schritt bewegt sich die Gruppe um das Eck, bis kein Fuß mehr zu sehen ist.

Der Mönch von Heilsbronn lief am Kreuzlinger Bahnhof nach rechts. Da steht am staubigen Rand der Autobahn-Aufschürfungen das aufgelassene Kino Apollo, ein verschmutzter Flachbau. Zwischen dem hässlichen Hinterteil des Apollos und der gruschtigen Anliker Autoelektronik ein kleines Gärtchen, ein düster verkrauteter Fleck, mit rostendem Zaun gesichert. Im März war er schneeglöckchenweiß. Darin eine mächtige Fichte. Sie stirbt. Im Jahr 1672 war sie mächtig und gesund. Aus Deutschlands Äckern klaubten die Bauern, die sich gerettet hatten aus Krieg und Pest, Köpfe, abgeschlagene Hände, halbe Brustkörbe, Schenkel, an denen die Haut noch klebte, wieder war das Weltende nah. Der Mönch aus dem ansbachischen Heilsbronn war bis hierher gekommen, hatte bei Brüdern im Salmannsweilerhof übernachtet, war zeitig aufgebrochen, es war der 18. Mai. Die Füße geschwollen in blutigen Lappen, bis hierher hatte er drei Paar Schuhe zerlaufen. Sein Pilgerstab war auf seinem Rücken zerschlagen worden im Wald bei Mochenwangen von Halunken aus Wut, dass aus seinem Bettelsack nichts zu räubern gewesen war, in keiner Naht, nicht in den Sohlen ein Heller noch ein Batzen. Der Mönch war zum dritten Mal nach Santiago unterwegs, vom Konvent zum Bußgang als prophylaktischer Sündenbock für alle Vergehen des Klosters ausersehen, sein Reisegeld hatte er im After versteckt. Er war 27, die Knie geschwollen, verfloht und wollte nicht mehr den langen schweren Weg über die Alpen hinunter und wieder den langen schweren Weg zurück. Gut achtzig waren mit ihm und der Sonne aufgebrochen und holten Luft für den Anstieg. Er scherte aus dem Pulk der Pilger, lief zwei jungen Frauen hinterher mit engen Rippenpullovern. Sie hatten die Hände in die Taschen ihrer schwarzen Jacken gestopft, deren Rückenfalten klafften. Einmal nur im Leben mit der sanftmütig gewölbten Hand über die causa amoris gestreichelt. Er dreht um, läuft in die Rheinstraße, zum Gärtchen, und erhängt sich mit seiner Kuttenkordel, die er an einen Ast der Fichte geknüpft hat, indem er von einem anderen hinabspringt, die Fichte hatte das damals noch ausgehalten. Geistliche Selbstmörder wurden in einen Sack genäht, ein tüchtiger Stein daran, und von der Rheinbrücke geworfen. So tänzelten in der Strömung die Säcke aufrecht dahin, vom Leichengas aufgetrieben. Es war nicht der Mönch von Heilsbronn, es war ein anderer, der es, einsame Spitze, bis zum Rheinfall brachte. Der Mönch von Heilsbronn wurde schon bei Gottlieben aufgefischt, war noch frisch und wurde abgekocht, zermahlen und an Wollschweine verfüttert, wie es todsündigen Mönchen gebührt.

Vom Bahnhof ist das Grödeli 3 Fußminuten entfernt. Auch es war einmal eine Pilgerherberge, jetzt ist es verrammelt, steht quer zur Konstanzer Straße, frei in einem Wiesengarten. Es ist ein schöner feinmaschiger Riegelbau, die Fenster sind mit Fachwerkkassetten unterlegt, die sich nach oben verbreiternden Balkenwinkel weiten die eng gefächerte Fassade. Übergroße grüne Wasserspeier: Zackig geflügelte Drachen mit roten Mäulern stürzen sich von den Ecken des Daches. Kuckma, rufen die Deutschen im Vorüberfahren, das ist die Schweiz! In der Straßenfassade steckt, halbhoch, eine zur Hälfte sichtbare Kanonenkugel mit aufgemalter Schleifspur, als wäre sie gerade eben, am 7. Oct. 1799, aus Konstanz herübergeflogen, hätte das Grödeli gestreift und wäre im Putz stecken geblieben. Als die Nacht zum 8. Oktober wich, lagen Hunderte ausgeplünderter Leichen in den Gassen von Konstanz, Franzosen, Russen, Österreicher, Konstanzer. Als ich hinaufsehe, zittert die schmutzgraue Gardine an einer alten Hand, ich bin bemerkt worden von einem Frauengesicht, das ich im dunklen Fenster nicht näher erkennen kann. Alt und allein sitzen, liegen wir in unseren dunklen Zimmerhöhlen, nur das Wetter schaut noch herein. Als ich das erste Mal hier war, stand die Eingangstür offen, und ich betrat das Haus, ging durch einen halbdunklen Flur, betrat den Gastraum und stand geblendet vor einer Fülle von Licht, das durch die zur Ziegenwiese weit geöffnete Gartentür hereinstürmte wie Händels Messias. Ich sah die seitlichen Silhouetten zweier alter dicker Männer, die sich gegenübersaßen vor der Gartentür im Finale der Musik, auf hölzernen Gasthausstühlen mit dünnen schrägen Beinen, die zu schwach schienen für die sich so wölbenden Bäuche der steil sitzenden Männer in dunklem schweren Tuch. Und zwischen ihnen stand der Umriss eines Kastens, der ein Sarg sein konnte. Es war Abend geworden, der Ausschnitt des Himmels leuchtete rot vom Widerschein der untergegangenen Sonne vor dem Tor zur Feuergrube, die Schattenrisse hoben ihre Gläser, die erklangen über dem aufgeschlagenen Sarg. Der eine alte Mann rief etwas, der andere legte eine Hand hinters Ohr. Der Mann rief: Und wenn wir alt sind, pfeifen wir vor dem Pflegheim den Maitli nach.

Der schöne Maimorgen leckt mir den Nacken. Schon ächzt die Sonne. Kolorierte Stahlstichwelt. Der Himmel himmels-, sein Spiegelsee mehr wasserblau. Im blauen Sandwich abgestuftes Frühjahrsgrün, noch kein Sommereinerlei, die Tannenspitzen buchenlind, durchsichtig die Baumnussblätter, oliv und kaum entrollt, Platanen nackt; Weißdorn und Kirschen vergangen, weiße Gewölle im Fächer getönten Laubs; Flieder noch und rosa Apfelblüten, Holunder schon; grüne Pfingstrosen, geschlossene Rhabarberblumen, Hahnenfußwald, die Akelei lüftet ihr spitzes Barett. Dann die vom verblühten Löwenzahn fast weißen Wiesen, in denen die Rapsfelder so gelb brennen, als hätte sie van Gogh selber gefälscht; danach der hohe Horizont des Seerückens, dessen Wirbelkamm mit einzeln stehenden, vom Windbruch und Narrenbaumfällen übrigen Fichten schräg in den Himmel genagelt ist. Der Schwabenweg führt vor die fauchende Hinterseite der Motorenwagenfabrik, die Esslenstrasse hinauf, dann in den Tobel. Auf der Steigung begann das Pilger-Rennen. Die Jungen holten Luft und Atem bis Spanien. Die Humpler, Einbeinigen, die von Überfall, von der Wassersuppe des Falkenwirts, kalt im Sommer, wärmer im Winter, und Durchfall Geschwächten, die, die für 10 Taler einen eingesunkenen Halbtoten auf der Karre nach Einsiedeln schoben, und die, die ihre fromme Fahrt mit einem Sack voller Feldsteine auf dem Rücken, einem Baumstamm über den Schultern, mit Ketten und Kugeln an den Fußgelenken erschwert hatten, und die, die ihre Erlösung damit zu erzwingen suchten, dass sie rückwärts liefen oder auf Knien krochen, hatten weniger Chancen. Im Matsch des Hohlwegs, in dem bis vor kurzem noch Schnee gelegen hatte und den die Sickerbäche von den Steilhängen durchweichten, kamen die Barfüßler am besten voran. Die berittenen Reichen drängelten auf ihren Pferden, Mulis oder Jesus-Eseln. Es genügte aber ein kleiner Stoß mit dem Pilgerstab, und die Pferde scheuten, und die Herren, die in den Domhöfen rattenfrei genächtigt hatten, fielen und rutschten auf dem Moderlaub und Schlamm die Tobelwand hinunter bis in den Bach. Das Rauschen des Bachs hallverstärkt vom Himmel, der der hohe Bogen einer Eisenbahnbrücke ist, auf der ein Leitungsmast steht wie ein Galgen. Buben spielen Ball am Pfadi-Heim. Sie brüllen mit überschnappendem Stimmbruch: Arschloch, schieß doch, du Arschloch. Sie schreien, als müssten sie Heere wenden. Ich beiß dir die Eier ab, du Sauarschloch. Du Hurenarschloch. Du Hurensauarschloch. Du Hurenfotzensauarschloch, brüllen sie, spucken in die Beete, greifen sich in den durchhängenden Schritt, rotzen auf die Treppe, die hinauf in den Tobel führt, der heute auf Brücken, Bretterstegen und Treppen leicht zu ersteigen ist.

Was hier so garküchensüdlich riecht, ist Bärlauch, der am jenseitigen Ufer wächst. Der wurde 1862 dem Tischler Imhof zur Falle, danach seiner Frau. Imhof war ein starker Kerl. In der Jakobshöhe trank er so viel Haldengut, dass er alle glaslang, und zwar immer dann, wenn die Putztochter auf dem Pissoir hantierte, aufstand: I sött go löse go. Zurück, knüpfte er den Schlitz im Lokal zu und triumphierte laut: Wieder daneben. Der Danebenseicher Imhof liebte kratzende Schafswollpullover auf der Haut, lief ungeschützt in bissigen Drillichhosen. So auch in den Tobel, um sich eine Hand voll Bärlauch zu schneiden, der wie sein Vetter Knoblauch das Blut erhitzt. Barfuß watete Imhof durch den Bach und soff ab im Morast. Erwischte den Ast eines in den Tobel gestürzten Baumes. Der aber brach. Imhof versackte bis zur Brust. Und schrie. Die Putztochter Judith zog den kläglichen Mohren aus dem Matsch mit einem starken Stecken. Imhof heiratete sie aus Rache. Er redete ihr nicht nur in der Jakobshöhe nach, dass sie unfruchtbar sei, Kuh- und Rindfleisch verwechsle, dem Gesellen und Zimmerherrn weite Augen mache, – so lange, bis Judith sich im Saubach ersäufte. Imhof heiratete zweimal wieder und erlag als Greis einem alten Fisch, den ein Angler auf den Mist geschmissen, der Wirt des Löwen in Schwaderloh jedoch mit Essig aufgeleckert hatte. Erst Lähmungen in Hand und Fuß, dann von den Füßen aufsteigend in der Hüfte, dann blieb, nachdem er noch einmal Judith um Hilfe angerufen hatte, die Sprache weg. Den gelähmten Imhof banden sie auf einen Esel. Der Weg von Schwaderloh zum Spital war sehr holprig und ganz vergeblich.

Vor der Kapelle Bernrain auf der Höhe liegt linker Hand der jüdische Friedhof mit Blick nach Jerusalem, würde der nicht verstellt von Kapelle und christlichem Pilgerheim auf der gegenüberliegenden Seite der Straße. Von einem, der hier stehend als Skelett nach Jerusalem schaut, dem sein Schuhgeschäft arisiert worden war, ist umstritten, ob er, als er, die Passage Port Bou – New York in der Tasche, seiner vorgeschickten Familie nachfliehen wollte, vor oder hinter der Grenze, von Deutschen oder Schweizern erschossen wurde. Sooft ich an dem Friedhof vorbeigehe, ist das Eisentor mit einer dicken Kette verschlossen. Trotzdem liegen, sobald die Schneekappen von den runden Grabsteindächern geplatscht sind, neue Kiesel auf den Grabsteinen; Spuren im Schnee. Nicht weit von hier wurde ein hohes Vesperbild aus Lindenholz gefunden, um 1350 geschnitzt. Bei der Restaurierung wurde an beiden Unterschenkeln des Leichnams Jesu ein hebräischer Text entdeckt. Zweckentfremdete Pergament-Fragmente jüdischer Manuskripte unbekannter Herkunft. Der hebräische Text war ursprünglich ganz von der Farbfassung überdeckt. Er durfte auch keinesfalls zu sehen sein, denn es waren die Juden, die Christus der Hinrichtung ausgeliefert hatten, weshalb sie 1326, schließlich 1349 vor die Stadt getrieben und verbrannt worden waren, weil sie in Ahausen bei Meersburg einen Christenbuben geschächtet haben sollen.

Wo jetzt der panzerfeste Straßenbelag den jüdischen vom christlichen Totenacker trennt, war früher Gras, das über das Grab jenes Konstanzer Ratsherren gewachsen war, der sich taumelnd zwischen Eidgenossen und Kaiserlichen, deren

Fronten sich mal oberhalb, mal unterhalb von Bernrain festschanzten, die Seele aus dem Leib rannte. Aber die Männer waren gerüstet, und die Sache ging ihren blutigen Gang. Den Ratsherrn rettete kein Wunder von Bernrain. Er starb, das Gesicht gedrückt in Löwenzahn und Winterdung, Miststroh an der Nase. Bernrain ist eine Kapelle, Bernrain ist ein Blick. Eines Nachts saß ich hier und sah wegen des vielen Lichts der Stadt nichts vom Himmel. Ich sah die Lichterketten der gelben schweizerischen Straßenlaternen zum See hinab, der weißen deutschen Straßenlaternen gegenüber wieder hinauf. Die Fenster-Schachbretter der wenigen Hochhäuser, die Lichterklumpen der Uferorte um den schwarzen See. Auf dem Pfänder das rote Fluglicht. Erreichten auf dem Heimweg die Pilger in der Nacht Bernrain, sahen sie nichts als Dunkelheit. Die Fensterläden der Stadt unten waren zugeklappt gegen die Kälte, gegen den Wind, der vom Schwarzwald heranschlug. Und wäre es warm und windstill gewesen, hätten die Talglichter nicht bis hierherauf geleuchtet. Vielleicht hätten die wund gelaufenen Pilger irgendwo etwas brennen gesehen durch die Nacht, die noch eine war, einen vom Blitz entzündelten Hof vielleicht; vielleicht das Nachglimmen der Scheiterhaufen, auf denen Hus und Hieronymus von Prag mit Strohwischen in Feuer gesteckt worden waren. Sicher rochen die Pilger den See. Das Wasser, den Fisch. Und freuten sich auf die Laubsäcke mit

Wanzen, Flöhen, Kakerlaken, die sie Schwabenkäfer nannten.

In der Bernrainer Kapelle hängt ein Bild, das eine Geschichte erzählt: *Im Jahr 1384, giengen drey knaben auf der vorstadt Stadelhofen, nächst Constantz holz zuhollen im Wald bey Bernrain. Da selbe das holtz heim dragen wollten, kamen sie zu dem Crucifix bild unsers Herren auf Bernrain, und ruheten allda. Da stuhnde auf ain frecher Bub, genannt Schappeler, der greift dem Crucifix an seine Nase und sprach: Herr Gott, lass dir schneuzen, so küss ich dich desto lieber. Darauf blieb die Hand an der Nasen des Crucifix. Da solches die andere zwey sahen, eilten sie zur Statt und sagten es seiner Mutter. Hierauf kam dise und vil Ehrbare Leuth mit der Procession, sahen das zeichen, rufften Gott den Allmächtigen mit andacht an, und versprechen ein Wallfahrt auf Kumpustl. Da war der Knab ledig.* Der Schappeler tat aber weiterhin nicht gut. Zwei Jahre später ließ der Konstanzer Rat ihm die Zunge herausschneiden wegen Messerstechens und verbannte ihn auf ewig. Vom Maler des Bernrainer Bildes von 1589, Hans Schenck Brandis oder Brandeis vu Swaknreut, steht im Meßkircher Blutzagel- oder Hinrichtungsbuch von 1618: *Was blendt und ufgfurt Brand Schenk.* Die Augen ausgestochen und aufs Rad geflochten, nachdem mit dem Rad die Knochen geschmeidig zerstoßen worden waren. Dann, ganz blau, ganz rot, ganz durch die Speichen geflochten, aber immer noch bei Sinnen, den Krähen zur Rohkost. Und warum? Gewalt hat immer Recht. Aber sein schönes Bild ist geblieben, an dem alles falsch ist. Die schneeweißen Alpen recken sich im Norden. Der See kommt nicht vor, und Konstanz schaut aus, als hätte es Feininger altfränkisch nach einem Entwurf von Merian in das grüne Tuch der Welt geschnitzt, das ohne Tobel ist und Schnaufen. Eduard Mörike, der sich dem süßen Traum hingab, hier mit einem Pensionat, voll mit lauter jungen Mädchen, Geld verdienen zu können, beschreibt den Blick so: *Der Himmel hoch, wie mit einem Nudelbrett von unten platt geschlagen, schwarz tropfen vom Himmel geköpfte Berge. Abgebrochene Zähne. Schneefelder triefen von den Bergen. Der Nebel dampft herauf und streicht schwer und feuchtet durch das Gesträuch. Mir bleiben die kalten Backen hängen. Der Schmerz in der Brust. Die Finger wurden auch in der Kapelle nicht warm, nicht im Seitenraum mit der kretischen Ikone »Maria immer hilf«.*

Sie hilft nicht immer. Der Lenz Hans hatte Konstanz wegen des Geldes in den Schwaben- oder Schweizerkrieg getrieben und war im Tägermoos gefangen und von den Eidgenossen in den Weinfelder Turm geworfen worden, dann, weil sich der Handel zog, zum festen Verweil in einer Stube plus zwei Gassen verurteilt worden. Maria half ihm nicht. Ihm half das Geld, mit dem ihn seine reiche Familie nach einem Jahr freikaufte. Sankt Jakob hatte der Lenz eine Gelübde hingefleht: *Chum ich fry gang i uff Kumponell.* Er erwarb sich Kürbisflasche, Löffel am Hut, Jakobsstab. Nach drei Tagreisen war er fußlahm und wund und ließ sich von Allenwinden vor dem Hörnli von einem Esel abholen. Dann brachte er seinen Reichtum durch mit Zechen und Frauen. Als ihm das Blut aus After und Nase rann und nichts mehr ging, ließ er sich vom letzten Geld eine Kutsche bauen, um doch noch den Jakob mit einer Wallfahrt nach Compostela um längeres Leben zu erweichen. Er kam nur bis Bernrain. Da wurde ihm sterbeübel. Er würgte, grünweiß, sein Leib bäumte sich. Die Magd, die er zu seiner Lust und ihrem Heil nach Compostela mitgenommen hatte, klappte eilig die Treppe vor der Kutschentür herab. Die Pferde dampften noch vom Anstieg. Blutend, blau, sehr schnaufend fiel der Lenz Hans an der zur Seite getretenen Magd Marie vorbei in den hart getretenen Mist der Bernrainer Wiese, fiel seinem Pilgerhut hinterher. Tot, Gesicht nach unten. Marie lief zurück nach Konstanz.

Nun durch den Fleckwald, helldunkelgrün. Pappelmäuse trillen mit Löwenzahngewölle um die Wette. Lauwind. Die Pfützen sind pollengelb gesäumt. Ein Vita-Parcours. Seine Stationen sind: *Ferse auf den Boden Fuss gegen Gesäss, Arme beugen und strecken, Knie beugen und strecken, in Stütz springen.* Ein Specht schnellt. An diesem 17. rannten mir zwei Walkmen entgegen, denen das Geschlecht aus der Hose stand. Hohe Habichtsschreie. Ein trockener Tobel, die rauschende Autobahn, eine Ahnung von Hohlweg, metertief ausgetreten, eingeschliffen von Pilgerkarren und fahrendem Volk, verstärktes Autorauschen. Wie still war es beispielsweise am 23. 8. 1547? Eine Nacktschnecke quatscht unterm Schuh. In Schwaderloh Lichtblicke an Fensterläden: *Wer es allen treffen will, ist ein Narr oder muss einer werden.* Links potenziell die Alpen. In einer Entenpfütze flitzen Wasserläufer auf vier Schneetellern und haben keine Angst zu ertrinken. Auch Wasser ist eine mentale Konstruktion. Für den Holzwurm ist ein Baum nicht etwas, an dem man sich den Kopf einrennt. Nur Menschen verkünden ihren Sinn auf Fachwerkbalken: *Steiniger Boden macht stark und macht froh, da lernt man sich bücken.* Ferse auf den Boden, Fuß gegen Gesäß. Der alte Pilgergasthof Löwen ist nun Dancing und Pneu-Shop. Weite Sicht, ein Habicht unter den Wolken, am Abzweig ein äußerst übler Hund. Am kantonalen Fischaufzuchtweiher Rudel von Rennradlern hinauf und aus dem Sattel und die tauben Hoden im Luftzug geschwenkt. An der Kreuzung die Wirtschaft Kreuzstrasse. Eine Scheune voller

Fest. Das schöne Land mit Kühen und mit Glocken.

Mitten in der Nacht wacht die Wirtin des Restaurants Freihof in Lippoldswilen auf und hört und sieht, wie sich ein fremder Mensch durch ihr Schlafzimmer bewegt. Hallo, ruft die Wirtin. Der fremde Mensch ist maskiert, richtet eine Pistole auf die Wirtin und schnauzt: Ich habe nichts zu verlieren! Der Eindringling fesselt die Wirtin mit Klebeband und stößt sie hinunter in die Gaststube, wo sie die Tür aufschließen muss. Zwei weitere maskierte Männer springen, Pistolen in der Hand, in den Freihof. Die Männer verlangen Schmuck, Geld, Wertsachen. Die Wirtin gibt ihnen die Tageseinnahmen, ihre Uhr, bietet das Tafelsilber an. Da schlägt eine alte Uhr im Haus. Die Einbrecher halten sie für die Türglocke und postieren sich, die Pistolen im Anschlag, neben der Tür. Als niemand kommt, werfen sie die Wirtin zu Boden, treten ihr auf die Brust und in die Rippen, zerschlagen ihr mit der Pistole das Nasenbein. Während einer auf sie zielt, schleichen die anderen mit abgedunkelten Lampen durchs Haus. Nachdem sie nichts, was sie beeindrucken könnte, gefunden haben, kehren sie zurück. Die Wirtin wird in den Unterarm getroffen, ein Lungendurchschuss geht knapp am Herzen vorbei. Die Einbrecher halten die Wirtin für tot. Die Wirtin gewinnt ihr Bewusstsein wieder und schleppt sich zum Telefon. Doch haben die Männer das Kabel zerschnitten. Sie schleppt sich nach draußen, kriecht zum Nachbarn, klingelt Brand, klingelt Sturm, kein Licht geht an, niemand kommt.

Der Ottenberg in ganzer Breite, auf dem die Füße der Weinreihen in braunen Unkrautexstreifen stehen. Dann taucht der Weg in den Kemmenbachtobel. Kellerdumpf. Faulige Treppen leiten hinab. Ein einzelner Vogelpfiff, sonst scheint es so still wie am 23. 8. 1547. Da schreien vom Talgrund Buben mit rauen Hälsen, Rüdengebell. Der Bach mäandert. Schachtelhalme und schaurig, über eine linealbreite nasse Stahlblechbrücke zu gehen. Düstere Familienfeuerstelle, Wurstgalgen, Aluminiumfolie in Asche, diesmal kein Pariser. Die Rauhalsbuben sind beritten und grüßen artig. Pferdeduft erfüllt das plätschernde Tal. Ich sitze mit Schwebfliegen Aug in Aug. Ein taumelnder Falter schlägt seinen Haken vor mir fast zu spät. Haben sich die Häher an dich gewöhnt, nähert sich selbst die Haselmaus. Ich grüße sie, siezend. Aus dem Chemitobel auf richtiger Hohlwegschleife hinter drei elsterfarbigen Dominikanern her, die einen als Pilger verkappten Waldenser enttarnt und ihm ein Scheit in den After gesteckt und angezündet haben. Drachenflieger, ein schwarzer Mann hängt im Sack unter gelbem V. Heiserer Hund, Krähen und

Kuhgeläut. Ein Drachen wird von einer Winde gelüftet. Der Flieger darüber ist Swissair. Brockyland Riet 145 heißt nicht mehr so, ist nun ein Fliegerhorst.

In Brockyland Riet 145, einst auch Herberge, wurde Antik verkauft. In mehrere offene, durch Bretter eingezogene Etagen, zu denen man über schwankende Behelfstreppen gelangte, waren Stühle mit und ohne Sitzflächen, Tische, Schränke hintereinander und übereinander gequetscht. Hier verfolgte heimlich mit Stethoskop und Tonband ein Verhaltensforscher mehrere Familien von Holzwürmern in einer Schrankhinterwand, da der gealterte Verhaltensforscher es ablehnte, mit seinen Frauen anderes zu tun als das, was er nicht mehr konnte. So hatte er sein Leben den Holzwürmern gewidmet. Lange Wochen nach der Routinevergasung des Gebäudes durch den Kammerjäger fand man, als der Tritt eines Besuchers die Etagen schwanken und die Schranktür auffliegen ließ, den Forscher ganz steif, nackt lauschend an der Wand. Trotz vorsichtigen Abtransportes verhakte sich der Fuß des Forschers im zierlichen Geländer eines abgebeizten Waschtischs. Die sitzend und mit verdrehtem Kopf erstarrte Leiche kollerte und polterte so unglücklich durch die Etagen der dunklen Möbel, dass hier und dort etwas von ihr hängen blieb. Man sammelte alles säuberlich ein und legte die Strecke zusammen. Nur die Hodenmumie blieb für immer verschwunden.

Unweit davon quert der Schwabenweg die Kantonsstraße dort, wo in der Nacht des 24. Februar 1997 ein Paar in einem Ford vorbeifuhr, um von der Kantonsstraße ab- und in die Einfahrt zu einem vom Wald umhüllten Öl-Depot einzubiegen. Der junge Mann beugte seine an Schultern und Hüfte bewegliche Schaufensterpuppe bäuchlings gegen den Kühler des Autos, entkleidete sie Teil um Teil und öffnete den Reißverschluss seiner Hose. Als er keinen Eingang fand, zog er den Reißverschluss wieder hoch und holte aus dem Kofferraum einen Bohrer, den er an der Autobatterie anschloss.

Jenseits der Straße übelster Bluthund, Geiferlefzen, der Zaun ist da kein Trost. Auf dem Ottenberg Riegelhäuser, Bankdirektoren, hohe Militärs, Galeristinnen und so fort. Rückwärts ist noch immer nicht Schloss Altenklingen zu sehen. Dü99rsch steht ein Weiler und verkauft *Neue Kartoffeln Bohnen Gravensteiner Süssmost.* Mit jedem Schritt steigert sich die Sicht ins schöne Land. Auch von hinten kann der Seerücken entzücken. Ein Hain samt Wasserreservoir mit einer Bank für Drecksgeschichten: beim Nickerchen Pilger beraubt, eine Märstetter Dienstmagd missbraucht und beseitigt, kleine Scharmützel zwischen

Holzschwertbuben, ein Auge rinnt aus. Am Pilgerweg robidog Tütenautomaten zum Einsammeln von Hundescheiße *(Aufnahmepflicht)*. Segelflieger blitzen, also Sonntag: Eine astronautisch kühn verhüllte Radfamilie blickt übers Land. In den vielen verschiedenen Grüns die dunkle Bachbuschschlange. Die hellen Hangwiesen mit ihren Waldmützen obenauf. Sanft brummen gepflegte Oldies in einen Ort. Die Welt guckt frisch verputzt. Da sitzt der alte Breughel und malt ein himmelhohes Krähengeschrei. Zurückgewandt wäre höchstens im Winter durch die kahlen Bäume das Schloss Altenklingen zu sehen. Ein Maikätzchen am schmucken Hinter Ruderbaum, eine rote Dame auf hohem Ross, ein Zeitungsautomat mit Sonntags-Blick, in dem eine Edel-Dirne enthüllt: *Bundesrat war bei mir Dauergast!* Der Schwabenweg gabelt sich und eröffnet Varianten. Ich gehe zur Kirche St. Jakob, deren Sonnenuhr gescheit sich selbst erklärt: NUR DIE HEITEREN STUNDEN WEIS ICH. An der Chorbogenwand verbleichende Reste eines Jüngsten Gerichts, die Erretteten dort, die Verdammten hier. Das Auge über dem weit aufgerissenen Maul des Höllendrachens ist wie ein gelber Mond, der auf eine dunkle Landschaft scheint. Nördlich der Kirche schließt sich der Friedhof an.

Fast wie im Märchen steht Altenklingen auf einer Geländerippe mit Zugbrücke, Zwinger, Zinnen, Wehrturm und Pechnase, Treppengiebeln, Zierkaminen, roten welschen Hauben, ein Neuschwanstein des 16. Jahrhunderts. Das Schloss hat betuchten adligen Pilgern angenehme Übernachtungen gewährt, ist nun Altersresidenz für Herren mit pralleren Geld- als Hodensäcken, gemäß dem Altenchlingener Trinkstubenreglement von 1498: *also auch Quintilianus spricht, ich find nit in menschlichen dingen das die natur nit habe erdacht das dem menschen angenemer seye dan frundschafft vnd gesellschafft unter priester oder Edelleute oder sonst ehrsamb vnd ehrbar Leut. Item wir wollendt auch das niemand auff der stuben vnzucht weder mit wort noch werkh treibe in kheinweg.*
Da also sitzen: Heinrich von Helmstorff, der mit sechs Zylindern nach dem Motto gelebt hatte: hic et nunc, basta! Und dann war der Komet gekommen, der schon im Jahr 613 nach Christus vorbeigekommen war und der im Jahr 3071 wieder vorbeikommen würde. Aber Heinrich von Helmstorff ist nicht beschieden, noch im Jahr 3071 zu leben, wo man alle Rätsel von Krankheit, Zeit und Tod gelöst haben würde! Er lebt in der Gen-Altsteinzeit, er wird sterben müssen. Heinrich ließ die alten Hände sinken, wurde melancholisch, schwenkte sich, gut gekleidet, aber barfuß, hydraulisch in seine eigene Badewanne,

ließ aber kein Wasser ein, schaute auf seine bläulichen Zehen, schrieb mit Blut 3071 an die Kacheln. So kam er nach Altenklingen.
Item Johannes Fehr, der einmal dämonisch und ganz in Schwarz sowohl sommers wie winters auf der Eisbahn seine eleganten Figuren um junge Damen geschnitten hatte, deren Atem wie Pfirsich war, deren Gesichter Verheißungen, und er hatte sich gewiegt *in den Sommerwinden, die in den Kleidern warmer Frauen sind.* Dann war er pensioniert worden. Er sah immer schlechter. Seine Frau kreuzte ihm die Artikel in der Zeitung an, die er schon gelesen hatte, aber es passierte ihm immer häufiger, dass er sie dreimal las, ohne es zu merken. Er wurde ein schwerer Brüter und sagte: Meine Eier faulen. Heimlich hatte er sich vom türkischen Änderungsschneider spitze Nägel in Schultern, Ellenbogen und Knie nähen lassen und in die Schnabelschuhe. Nun streifte er, wen er nur konnte, vor allem junge Rollschuh- und Radfahrerinnen mit nackten Schenkeln und Oberarmen in der Fußgängerzone und ließ Reißzwecke hinter sich fallen. Einmal steckte er seinen Gehstock in die Speichen eines weiblichen Vorderrades. Dabei brach er sich den Oberschenkelhals, der nicht wieder richtig zusammengewachsen war, weil er von einer Chirurgin behandelt worden war. So kam er nach Altenklingen im Rollstuhl, klagte gegen die Chirurgin und verbat sich Pflegerinnen.

Item Johannes Negelin, der sich ein geglücktes Leben vorgenommen hatte. Dazu brauchte er eine stabile, ein wenig jüngere, etwas kleinere Frau mit Vermögen. Liebe ist auch nur Stoffwechsel. Kann man sich riechen, stimmt fast alles. Er lud Aspirantinnen zum Spargelessen ein. Vorsorglich hatte er die Wasserspülung blockiert. Er kniete an der Kloschüssel und schöpfte ihren Geruch, der bei Spargel schnell Zeugnis gibt von der inneren Ordnung. Er traf eine gute Wahl. Mit 47 hatte er alle seine Ziele erreicht. Da geschah, dass sie des Nachts klagte: Meine Brüste haben ihr Ränzlein geschnürt und sind ausgewandert. Zuerst schob er es auf die Wechseljahre. Als sie wieder klagte in der Nacht, machte er sich noch in der Dunkelheit mit der Taschenlampe auf den Weg in den Park. Es schien kein Mond in der wolkendunklen Waldnacht. Im Strahl der Lampe hüpften nicht nur zwei, es hüpften und wanderten unzählbare Brüste, die ihr Ränzlein geschnürt hatten. Als er ihre meinte erkannt zu haben, wollte er, die Lampe im Mund, nach ihnen patschen, glitt aber aus auf wandernden Brüsten und brach sich einen Wirbel. So kam er nach Altenklingen ins Streckbett.

Auf dem Friedhof von Märstetten liegen einige rechtschaffene Witwer, die sich erhängten, erschossen, ersäuften wegen am falschen Ende geöffneter Arzneimittelschachteln, wegen Reißverschlüssen, wegen verbügelter Hemden oder abgerissener Handtuchaufhänger oder wegen unöffenbarer Sardellendosen, vieles ist denkbar. Ein Rechtschaffener, der sich das Reden ab- und sich angewöhnt hatte, seine Frau mit Winken und Pfiffen zu leiten, was ein kalbsgroßer Bernhardiner missverstand. Ein sparsamer Rechtschaffener, dem gelungen war, seinen Darm so zu erziehen, dass er nur im Amt Toilettenpapier verbrauchte, bis ein Rohrbruch das Amt blockierte und er platzte im Omnibus, und jede Hilfe kam zu spät. Ein rechtschaffener Tinnitus-Leidender, der sich Handgranaten aus ehemaligen jugoslawischen Heeresbeständen an beide Ohren gepresst hatte. Ein älterer Rechtschaffener, der es 52 Jahre lang gewöhnt war, sich an den Tisch im Kaufhausrestaurant zu setzen, der Frau den Geldbeutel zu geben, den Geldbeutel einzustecken, während die Frau das Tablett vor ihn hinstellte, der Frau, wenn sie aufstand, um das Tablett wegzustellen und Kaffee zu holen, den Geldbeutel zu geben, den Geldbeutel einzustecken, wenn sie den Kaffee gebracht hatte. Und dann hatte sie den Geldbeutel unwiderbringlich verlegt. Er trennte sich und verhungerte. Junge Hoffnungsvolle, die zerrissen worden waren bei nächtlichen Autorennen, und junge Frauen, die Beifahrerinnen junger Hoffnungsvoller gewesen waren. Erst gestern hat ein 83-Jähriger unter Alkoholeinwirkung seine 82-jährige Ehefrau erstochen, weil sie – ja weil was? Sie stank ihm halt.

Der Umweg zu St. Jakob wird mit Hässlichem gebüßt. Schnurgerade Durchgangsstraße. Essigfabrik. Racing-Disco-Club. Café Kanapee, das, da es geschlossen ist, eine sichere Enttäuschung erspart. Ich laufe hinter einem kleinen Mann auf blauen Turnschuhen her, die ihm wie Blumenkübel angegossen sind. Er trägt eine koffergroße Umhängetasche auf dem Rücken, die ihn, während er aus unerkennbaren Gründen die Seiten der Straße wechselt, mal niederdrückt, mal hinter sich zu ziehen scheint. Die Straße ist befahren, der kleine Mann achtet nicht auf den Verkehr, der auf ihn Rücksicht nimmt wie auf einen alten blinden Hund. Der Mann spricht sehr laut, er schimpft. Ich verstehe ihn nicht. Ich verzögere meinen Gang, um ihn, als er wieder auf meine Seite zurückkehrt, zu hören. Ich meine Sauhund, Sauhunde zu verstehen. Jetzt bleibt er stehen und spuckt einen ganzen Haufen von Steinen aus: Pflaumen-, Aprikosen-, Pfirsichsteine. Er lässt seine Last vom Rücken fallen, kramt Pflaumen, Aprikosen, einen Pfirsich, auch eine Avocado heraus und stopft sie sich in die Drillichhosentaschen, sodass seine Schenkel ausknollen. Die Avocado nagt er ab, spuckt das Fleisch um sich, den Stein wälzt er im Mund. Ich habe in der Tasche auch Bauklötze und Beißringe gesehen. Er kann aber sein inneres Sprechen nicht ersticken, ich verstehe ihn doch: *Wir gehen zugrund an der Kälte der Frauen.*

Ein neuer Kreisel, eine neue Unterführung unter der Bahn, gewaltsame Kahlschläge haben Bahnhofs- und Kreuzungsplatz zu einem toten Ort gemacht. Gasthaus Kreuzstrasse. Gasthaus Bahnhof verludert. Gemeine Autostraße entlang bis zur betonneuen Thurbrücke vor Amlikon. Noch sind die Widerlager der alten Brücke zu finden. Früher mussten die Pilger auf einer Fähre über die wilde Thur. 1799 ertrank dabei Melchior Fuchs aus Mainz, der die Pilgerreise hatte geloben müssen, wollte er nicht enthauptet werden wegen Weibsverstechung. Der Sturm war von den Bergen gefallen und hatte die Wellen der Thur aufgeschlagen. Der Amlikoner Fährmann verlangte das Doppelte. Fast schon am südlichen Ufer, schwappte Wasser ins Boot, das kenterte. Alle konnten sich retten bis auf Melchior. Zwischen den treibenden Schößen seines Mantels hielt er seinen Mund noch eine Weile über Wasser und schrie. Am längsten war sein Jakobshut mit der breiten Krempe zu sehen, tanzte die Wogen der Thur hinab. Der Weg folgt gegenüber dem Gasthaus Ochsen dem Bach durch ein ansteigendes Tal, zieht bergauf und knickt auf der Kuppe ab. Im blauen Himmel fliegen mit Heißluft gefüllte Bananen und Joghurtbecher, aus deren Körben sich die Ballongäste beugen übers Land und Schönheit rufen oder kotzen.

In der südwestlichen Hausecke der einst mächtigen Herrschaft Griesenberg trat bei Restaurierungsarbeiten ein rares Rechtsaltertum zutage: eine Trülle. In einer Wandnische ist ein aus Stäben gebildeter Zylinder eingespannt, in den man kleine Delinquenten sperrte, um sie in sich beschleunigendem Drehen zu richten. So am 18. Juni 1805 Kreszentia Sturznegger. Sie war zwölf Jahre alt und gerade noch klein genug für den Drehkäfig. Es war erwiesen, dass sie ihren Brotherren, den Leberecht von Ulm, verführt hatte mit Fliegenpilz. Also wurde sie in ein Hanfhemd gesteckt und in die Trülle gebunden und gedreht, bis sie Jaja schrie. Und weitergedreht: Und siehe da, die verbotene Frucht ihrer erschlichenen Liebe tropfte, klumpte rot und nackt auf den Boden der Trülle. Sie wurde nach Santiago auf Bußgang geschickt. Kam nie an.

Im Wirtshaus Zur Biene in Maltbach *lohnt es sich auf jeden Fall einzukehren. Freundlich lädt dazu das aus dem späten 18. Jh. stammende Fachwerkhaus ein, welches lieblich in einer kleinen Senke liegt.* Trau keinem Führer. Die Wirtschaft sieht wie für immer geschlossen aus, die kleine Senke erweist sich als eine große Einbildung. Ganz unlieblich ist der Schwabenweg ein Schotterstreifen neben jagenden Motorrädern, die sich maigeil über die Kuppen schmeißen bis in den Friedhof von Märstetten. In den Autos greifen, weil Sonntag, Männer ihren Frauen in die Lenker. Ein angeketteter, dennoch gefährlich wütender Hund jagt mich in Kaltenbrunnen auf die andere Seite zur Jakobuskapelle. Innen alles ausgeräumt, aber solide Informationen: Früher war hier alles Eis, dann Thursee, dann Sumpf. Und wird dereinst wieder sein Sumpf, See, Eis bis in Ewigkeit. Den Aufschwung brachte die von den mächtigen Herren von Toggenburg geförderte Johanniter-Komturei Tobel, nachdem die mildtätigen Johanniter von den Mohammedanern, die sie aus Jerusalem geworfen hatten, wieder aus Jerusalem hinausgeworfen worden waren. Die Straße nach Zezikon, wo Ulrich von Zatzikhofen herstammt oder auch nicht, der Leutpriester an der Kirche von Lommis gewesen war oder auch nicht, der jedenfalls das Hohe Lied des edlen Ritters Lanzelet dichtete oder auch nicht, zweigt bei der Agip-Tankstelle neben dem Haus Zum Bollsteg ab.

Der Weg neigt sich von Kaltenbrunnen. Schönstes Abendlicht. Die langen Schatten tuschen die Buschschlangen in das Dunkle des Tals. Die Palette der Maigrüns wendet sich, je mehr die Sonne hinter den Immenberg sinkt, ins Nachtgrau und vereint die Büsche, die Wiesen, die Apfelplantagen unter den schwarzen Hagelsturmnetzen, die Hügelwälder. Ich sitze lange und schaue. Diesen Blick hätte ich gerne mit meiner Liebe geteilt. Das Licht wandert aus dem Tal dem

Himmel zu und strahlt im Dunklen die Kirchtürme an, den von Lommis, den von Affeltrangen mit dem goldenen Hahn, den von Tobel, greift sich helle Giebel heraus, ferne Dörfer, Wils Hochbauten. Das Alpsteingebirge errötet, davor der Hörnlihöcker als Scherenschnitt. Das All leuchtet violett. Ein Flugzeug blitzt darin. Der halbe Mond. Die Hühner schnurren im Traum. Weit weg ein Hund. Die Welt wird das Atmen der Kühe. Ich steige hinab. Ein Bier, ein einsames Bett, ein Fußbad, vollbrachtes Tagwerk, ein Stück vom Glück, wäre die Liebe bei mir. Affeltrangen streife ich nur. Mein Quartier ist in Lommis bestellt. Nur ein Mensch in Affeltrangen. Es ist ein sichtlich uneinheimischer Mann mit verkoddertem Rucksack, der von Wirtschaft zu Wirtschaft humpelt, die Straßenseiten wechselnd. Seine Hosen grün, sein Pullover blau, Schweißränder über der bollrigen Brust. Sein Bauch von der Sorte Überallfett. Scheußlich getönte Jalousiebrille. Nur Gram-, keine Lachfalten. Wärs anders, wärs seltsam: Er tut so, als begegne er mir zufällig und wirft die Backen lächelnd auf: Tschuldigung, ob ich wisse, ob man hier irgendwo. Ich blitze: *Abstand, oder ich morde!* Ich erwische ihn, wie er sich nach mir umdreht. Luftpfeifer! Der Himmel brennt noch nach, das Tal ist Nacht. Ich laufe den Lichtern von Lommis zu. Im Restaurant und Bäckerei Krone sitzt der Wirt unter der Lampe über der Zeitung. Die Saaltochter stellt mir ein

Glas Zürcher Löwenbräu und einen garnierten Wurstsalat hin. Das wird eine gute Nacht. Das wäre eine schönere Nacht mit meiner Liebe, mit dir. Wir kämen zurück zur Erde, und sie wäre kein umgestürzter Hafen.

Ein zweiter Tag

(herbstlich, taumelnd)

Den herrschsüchtigen und Streit liebenden Diethelm von Toggenburg erzürnten die Erbansprüche seines jüngeren Bruders und, dass der sich weigerte, seine Schwippschwägerin zu heiraten und damit die Erbansprüche aufzugeben, dermassen, dass er ihn nach einem dreitägigen Gelage auf Rengerswil am 12. Dezember 1225 ermorden liess. Da erweichte die heilige Idda das Herz der Jungfrau Maria so sehr, dass sie dem noch im warmen Blute liegenden Erstochenen das Leben zurückgab, der heiratete und liebte und stiftete der heiligen Idda zu Lommis, St. Margarethen und Fischingen je einen Altar. Der reumütige Mordbruder Diethelm aber schenkte das Gebiet Tobel-Affeltrangen der am Jakobsweg rasch aufblühenden Johanniterkomturei. Und alles wurde gut, bis Gys von Gyssenberg die Komturei gänzlich herunterwirtschaftete. Der letzte Komtur, der Deutsche Karl Philipp zu Hohenlohe-Schillingsfürst, wandert, seitdem ihm verwehrt wurde, Schweizer Landesbürger werden zu dürfen, in Sack und Asche den Schwabenweg auf und ab und versucht, möglichst nah an jungen Thurgauerinnen vorbeizustreifen, um deren Halsgeruch zu schmecken. Die Komturei wurde eine Zuchtanstalt.

Schöner Höhenweg, der Wind flog durch die Raupenbahnen der mit alten Chemiesäcken beschwerten Plastikfelder, dass es ein Rauschen war. Am Schulhaus Maltbach mit heute »closed« Säntisblick quetschten sich junge Eidgenossen an den eisernen Kletterstangen ihre Jünglichkeit. Hinter der Agip-Tankstelle das malerische alte Haus Zum Bollsteg.

Nun ging die Sonne unter. Prächtiges Wüten in Rot. Das Tal hieß nach dem trüben Rinnsal Lauche. Das Tal lag bereits im Schatten, roch nach Nachttau. Ich war fertig, wollte frisches Bier und ins Bett. Die Orangensonne presste sich auf den Rücken des Immenberges, bis sie nur noch ein Schnitz war. *Ja, Madame, es ist immer das Gleiche: Vorne geht sie unter und hinten geht sie wieder auf.* Ich drehte mich um und dachte: Jetzt gehts ganz schnell, dann ist sie weg. Aber weil ich weiter wollte, ging es nicht schnell genug. Kaum war sie weg, glühte sie nach, und ich stand schon wieder und wollte doch weiter. So kam ich unstet voran. Die untergegangene Sonne befeuerte den Himmel, und in ihm ein Flugzeug und seinen rosarot verfliegenden Schweif. Große Malkunst, purpur und violett, dahinter das Licht der Ewigkeit. Den ersten Sonnenuntergang malte Fra Jaccomo di San Giovanni Valdarno, den letzten nicht Caspar David Friedrich. Während ich voranging und mich umdrehte, vertrat ich mir den linken Fuß. Einmal stand ich so lange vor dem schönsten Sonnenuntergang im Museum von Winterthur, dass mehrmals der Alarm losging und ich Hausverbot bekam. Ich gehe nur noch mit Hut und angeklebtem Bart in die Museen von Winterthur und schaue mir nur noch das Winterbild von Breughel an und die finsteren Gletscherbilder des großartigen Caspar Wolf, auf denen kein Sonnenuntergang zu sehen ist. Auch bei Renoir ist kein Sonnenuntergang zu sehen, sondern rosig gerundete Frauenhaut, weshalb ich auch ihn meide wegen des schrillen Alarms, der schon von einem zu nahen Atemhauch ausgelöst werden kann. Es wäre eine Übertreibung zu sagen, ich hätte mir den Fuß so richtig umgeknickt, aber weh tat es doch. Kein Bett in Sicht, kein Bier. Hinter mir ging der barocke Sonnenuntergang in einen romantischen über mit erstem Stern und bleichem Mond in hohem Nachtblau. Die Kunst der Landschaftsmaler ist, dass sie die Zeit anhalten. Es wäre besser gewesen, ich hätte ein Bild von Caspar Wolf vor Augen gehabt statt einen vergehenden Sonnenuntergang hinter mir, dann hätte ich mich nicht wieder umgewendet und wäre nicht gegen das blaue Ortsschild von Affeltrangen gelaufen. Ich weiß: ein bei Bodenseeautoren beliebter Name. Aber noch keiner von ihnen ist je wirklich gegen das Ortsschild geprallt. Meine Befürchtung, in Affeltrangen, dem ostschweizerischen Zentrum der Liebe und Pflege von Eseln und Mulis, würde es mehr Bier als Betten geben, bestätigte sich am Frohsinn, in dessen Schild eine halb leere Flasche Rotwein vor zwei halb vollen Gläsern Rotwein stand, kein Fremdenbett. Ebenso wenig beim Bar-Dancing Manolita an der Käsereistraße, jedoch Fürstenbergbier. Kronenbourgbier in der Bar Cabaret Blauer Aff mit Varieté-Show. Im Himmel über dem Aff funkelte nun Venus. Ich gaffte himmelwärts und sah, dass aus einem geöffneten Fenster im ersten Stockwerk des Blauen Aff vor gelbem Stubenlicht sich eine asiatische junge Frau bog und langsam ihr schwarzes Haar auskämmte, das aus dem Fenster floss, und heraus fiel der Schnüffler Karl Philipp zu Hohenlohe-Schillingsfürst. Da fragte ich besser nicht nach einem Bett. So müde weitergehend, spürte ich meinen Fuß. Wo sollte ich hin? Ich fragte eine Wanderin, die so durch den Ort lief, als wisse sie genau Bescheid. Jedes Frauengesicht ist eine Verheißung, die den Pilger erlöst von Sehnsucht und Tod. Mit *Abstand, oder ich morde!* zischte mich die Wanderin weg. Im stattlichen Löwen saßen Wackere beim Schützengartenbier und meinten, mich, falls ich sie recht verstand, über den Unterschied von Gaschthuus und Hóttel belehren zu müssen. Es ging bergauf, und es roch, als seien einige Esels- oder Mulibollen liegen geblieben. Wundersam traf doch noch ein allerletzter Sonnenstrahl den hohen Schwanz des abstrakten Gockels auf der Spitze des dunklen Affeltranger Kirchturms und ließ ihn erröten und erlöschen. Mein Fuß, mein Fuß. Im Schäfli hätte es Löwenbräu gegeben, wäre es nicht geschlossen gewesen. Auf Affeltrangen lag kein Segen. Ich lahmte bis zum Bahnhof Tobel-Affeltrangen und wartete. Den ersten Zug wollte ich nehmen, egal ob zurück nach Weinfelden oder voran nach Wil, nur nicht im bierreichen, aber bettlosen Affeltrangen bleiben. Der Zug voran, 21.17, kam nicht. Ebenso wenig der Zug zurück, 21.45. Auf dem Schild, dem ich entnahm, dass der Bahnhof Tobel-Affeltrangen nur bis 17.45 besetzt sei, war eine Telefonnummer angegeben. Ich rief aus der Swisscom-Kabine vor dem Billetteautomatenraum an und hörte durch die Tür des Billetteautomatenraumes mein Klingeln auf dem Schreibtisch des geschlossenen Schalters. Nichts um 22.17. Viele Sterne jetzt, der Mond gelb wie ein Leberkranker. Entgegen meiner Erwartung war der Billetteautomatenraum nicht verschlossen. Ich legte mich auf die Bank und meinen bösen Fuß auf den Rucksack und öffnete eine Bierdose mit dem Mönch. Ich roch nicht gut. Schon stand ein Mann vor mir, schimpfte, als er mich erkannte, verständlich hochdeutsch und verjagte mich, denn der Aufenthalt hier sei nur bei Zugbeförderung statthaft und, wenn kein Zug fahre, unstatthaft, Fehlbare werden mit fünfzig Schweizer Franken gebüßt, wovon er, der Anzeiger, die Hälfte bekomme. Und ein Zug könne weder zurück- noch voranfahren, weil ein Selbsttöter in Bronschhofen, ein Deutscher, oder Tägerschen, eine Hundshurensauerei, und bis die Polizei das Protokoll, nix, kein Zug, fertig. Bevor ich die Wirtschaft Zur Eisenbahn gegenüber dem Bahnhof Tobel-Affeltrangen erreicht hatte, erlosch das Schützengartenbierschild. Die Straße stieg öde bergan. Kuhgeläut aus der Nacht. Der noch schlosshelle Ochsen mit dem leuchtenden Hürlimannbierversprechen enttarnte sich als fremdenbettloses Speise-Restaurant. Bergab tat dem Fuß nicht besser. Das Kuhgeläut nun von der anderen Seite der Nacht. Also doch in den Blauen Aff? Statt der jungen Frau im hellen Fenster nun gleißende Strahler auf eine ungeschickte erotische Wandmalerei. Ich entschloss mich, die junge Asiatin im Blick, so viel Kronenbourg zu trinken, dass ich hinter einem der Ziegelstapel des gruschtigen Platzes von tiefbau alder wegsacken konnte. Da kam ein Mann mit Hut, Schnauzer und auffallend breitem und buntem Schlips aus dem Blauen Aff, den ich nach einem Hotéll fragte. Wi-ä, fragte er. Hóttel, sagte ich. Wi-ä, fragte er. Fremdenzimmer, sagte ich. Stig i, sagte er. Er lud mich in seinen 3-Golf-langen Chevrolet. Louis, sagte er. So sah er auch aus. Er meinte aber Lommis, an dessen Ortseinfahrt er Stig us sagte, vorwärts in den Ort wies und zum Flugplatz abbog. Der Engel wiedereröffnete erst an 1. Februar. Haldengutbier. Der Ochsen, zugleich Hollywood für Trucker, Löwenbräu Zürich, stockdunkel. Restaurant und Bäckerei Krone, dasselbe Bier, ebenso finster. Kein Mensch. Ich zählte, nun schon stark humpelnd, nur zwei bläulich erleuchtete Fenster in Lommis. Der Schlag der Uhr am Turm der alten Kirche von Ulrich von Zatzikhofen, falls er sich so schrieb, war mächtig. Die Kirchtreppe hatte eine Stufe mehr, als ich erwartet hatte. Das konnte man durchaus Umknicken nennen. Als ich in den Kies fiel, schlug ein Hund an, brannte ein Licht auf im Hof gegenüber. Wahrscheinlich hieß er wie alle Höfe gegenüber Ostschweizer Kirchen Kehlhof, was nichts mit Kehle zu tun, sondern, vermutete ich, Kiesel aus der Nase schneuzend, mit Qual. Im Licht des nur noch fetten Mondes die Aussegnungshalle. An der kehlhofabgewandten Seite der Kirche enge Grabreihen. Ich legte mich unter Büsche ins Moosgras neben ein schwarzes Monstrum, das ich, als mein letzter Paulaner Mönch es traf, als aufgebockte Riesenglocke erkannte. Das Gras auf alten Kirchhöfen ist so weich, weil es Generationen von Toten gemästet haben. Ich sah hagelleer in den sternvoller werdenden Himmel, zählte die Viertelsschläge, die Halbschläge, die vollen Stunden der Kirchturmuhr und schlief irgendwann ein.

Die heilige Idda oder richtiger Ita wurde als uneheliche Tochter des Konstanzer Bischofs Roman II. geboren und gleich nach der Geburt auf Geheiß des Vaters in den Rhein geworfen. Da erbarmte sich ein Wels der nackten heiligen Idda oder Ita, verschluckte sie und spie sie am Kuhhorn ins Schilf. Ihr Schreien hörte die Fischersfrau, die das Kind verbarg bei einer Schäfersfrau in Lommis. Dort sah die ins Gebet versunkene Wunderschöne der von der Jagd erhitzte Graf von Toggenburg. Er erhob sie zur Gräfin von Kirchberg und heiratete sie. Zur Hochzeit schenkte er ihr den goldenen Ring seiner Mutter. Als sie einmal den Ring auf dem Fenstergesims abgelegt hatte, um sich die Haare auszukämmen, kam aus der tiefen Schlucht unterhalb des Schlosses Toggenburg, die Rappenstein heißt, ein kohlschwarzer Rabe und stahl den Ring. Ein Jäger fand den Ring im Rabennest und steckte ihn sich an den Finger. Der zweite Jäger verklagte darauf den ersten Jäger des Ehebruchs mit der Gräfin. Der Graf ließ darauf den ersten Jäger von zwei starken Rössern zu Tode schleifen, den zweiten Jäger machte er zum ersten. Seine Gemahlin aber stürzte er eigenhändig in die Schlucht Rappenstein. Nach Jahren wurde die Totgeglaubte in einer Höhle der Schlucht entdeckt vom nunmehr ersten Jäger, der sie, damit seine Machenschaft nicht entdeckt würde, erwürgen wollte. Da aber sprang ein frommer Hirsch herbei, stieß den ersten Jäger in die Schlucht und trug Idda, richtiger Ita, auf seinem Gehörn hinauf in die Burg. Da weinte der Graf, und die Gräfin verzieh ihm alles. Und alles wurde gut. Idda lebte fortan als fromme Frau nahe dem Kloster Fischingen. Jede Nacht lief sie zum Gottesdienst nach Fischingen, und der Hirsch leuchtete ihr den Weg mit Lichtern auf seinen zwölf Geweihspitzen. Eines Nachts aber verwandelte sich der Teufel in den frommen Hirsch und trug zwölf Lichter auf seinen Hörnern und begleitete Ita nach Fischingen und löschte mitten im dunklen Wald die Lichter und näherte sich ihr mit Gestank, gebleckter Zunge und schmutzigen Worten. Da öffneten sich die Gräber in Fischingen, und zwölf tote Grafen Toggenburg standen aus den Gräbern auf, hielten je ein Licht und geleiteten die noch immer wunderschöne, meist als Nonne gemalte Idda in die sichere Kirche. Und alles wurde gut.

Ich schlief unsanft. Das weiche Moosgras der Toten verhinderte nicht, dass ich mein Skelett spürte, jeden Wirbel einzeln bis zum Nacken, den angeschwollenen Fuß. Nach den Stundenschlägen kamen die Hähne. Dann Kuhblöken. Dann ein Appenzellerhund, der mich beargwöhnte mit tückischen Überaugen. Keine Sonne, kein Frühstück. Eine Kittelfrau goss die Gräber der Hasler, Halter, von Zatzikhofen und entdeckte mich. Gutmütig vermutete sie in mir einen wandernden Kunsthistoriker, der vor der verschlossenen St.-Jakobs-Kirche enttäuscht zusammengebrochen war. Sie öffnete die Kirche und führte mich in die

Idda-Kapelle, die einmal das Beinhaus der Konstanzer Muntprat gewesen war. Auf dem, dem Schnitzer Fröhli zugeschrieben, Idda-Altar ist die anbetungswürdige Nonne zu sehen, die tiefe Schlucht, der sanfte Hirsch mit zwölf Lichterhörnern. Aus dem alten Putz waren Zeichnungen der Jakobspilger herausrenoviert: ein spitzer Turm? Ein Schwert? Ein Phallus? Und Worte, die ich nicht lesen konnte.

Tatsächlich hieß der Hof gegenüber der Kirche Kehlhof. Allerdings kommt Kehlhof weder von Kehle noch von Qual, sondern von Keller, und der wiederum ist mit unserem Keller nur entfernt verwandt. Kunstvoll geschnittene Bäume, ein frisch nachgeahmter mittelalterlicher Tiefenbrunnen. Kein Mensch, missäugende Hunde, Kuhläuten. Vor dem verschlossenen Engel ein 3-Golflanger Chevrolet. Ich war hungrig und zerstoßen. Vor dem Ochsen verblassten Ölflecken, die eher von einem alten Fahr-Bucher-Trecker als von einem East-Coast-Trucker stammten. Auf Lommis lag kein Segen. Aber Restaurant und Bäckerei Krone war weit geöffnet und duftete voller Verheißung. Als ich hineintrat, trat die mordlustige Affeltranger Wanderin heraus. Ich säuberte meine Kleidung in der Herrenbequemlichkeit des Restaurants und der Bäckerei Krone von den Totenackerresten.

War es noch in Lommis, vielleicht schon wieder in Affeltrangen, dass mir ein Tier unter die Brille flog? Ich sah nichts als Flattern. Ich wollte das Tier retten. Das rettete sich in meinen Augenwinkel und blieb drin. So liefen wir zusammen weiter, obwohl ich nicht einmal seinen Namen kannte. Es war vor Eschlikon, wo ein Sennenhund mich, der ich gar nicht so schnell laufen und schlagen konnte, wie die Bremsen meinen Menschenschweiß rochen, vom Weg, aus seinem Revier und weit übers Feld trieb. Ich bekam Schollenklumpenschuhe und schleppte mich schwer durch die Welt. Auch Spatzen können, neiden sie dir die Krume im Mund, Feinde sein. Wenigstens hatte ich nicht wie die Pilger auf einem Laubsack voller Wanzen und Flöhe übernachten müssen. Ich würde das Friedhofmoos weiterempfehlen. Es war vor Münchwilen, dass mich eine Nuss am Kopf traf, es war hinter Münchwilen, dass mir eine Krähe auf die Nase und den ganzen Anorak hinunterschiss, grünweiß.

Und das alles geschah im Nebel, nur Schemen um mich. Ich hatte gehofft, der Nebel sei verweht, wenn ich das Restaurant und die Bäckerei Krone verlassen würde. Aber der Nebel war geblieben, nass, kalt, wie Spinnenweben, die ich mir aus dem Gesicht wischte. Ich verirrte mich gleich hinter Lommis. Ich musste zurück nach Affeltrangen-Tobel und zum Zug. Die Bäckerstochter bremste ihren Kastenwagen neben mir und hieß mich einsteigen. Ich nahm eine Mütze des warmen Geruchs von Brot in die Nase und von etwas, das den letzten Komtur, Karl Philipp zu Hohenlohe-Schillingsfürst, in den Wahnsinn getrieben hätte. E chli duure, sagte die Bäckerstochter, die eine grüne Bankbaseballkappe trug, aus der ihr Pferdeschwanz schlug, wenn sie ausstieg oder einstieg und ihren warmen Geruch mitnahm und wiederbrachte. Ja: Es dauerte, bis wir über das im Nebel steckende Kalthäusern wie das im Nebel steckende Matzingen wie das im Nebel steckende Stettfurt wie das im Nebel steckende Weingarten nach Affeltrangen gekommen waren, wo die Bäckerstochter in die Backstube des Frohsinn ihren Pferdeschwanz hinein- und nicht wieder heraustrug, sodass ich mich auf dem verknickten Fuß zum Bahnhof Tobel-Affeltrangen machte. Kuhgeläut im Nebel, Eselsgestank.

Am Bahnhof verfolgte mich der Blick des Bauern in der Scheune des Gasthofs Zur Eisenbahn. Ich trat hinter den Bahnhof. Der Bauer verließ die Scheune und hatte mich wieder im Visier. Ich trat zurück vor den Bahnhof. Der Bauer schaute von der Treppe des Gasthofs Zur Eisenbahn herüber. Ich musste pinkeln. Als ich die Treppe des Gasthofs Zur Eisenbahn erreicht hatte, konnte ich das

Schild lesen: Heute Wirtesunntig! Der Bauer schaute weg und tauchte im Dunkeln der Scheune unter. Da sah ich eine Scheibe Helleres im Nebel und lief ihm und einer jungen Frau nach, zu fern für den letzten Komtur. Üble Verkehrsstraße. Ein Pfauenauge tot auf das Trottoir gebreitet. Schweinsjauchegestank. Durch die Komturei Tobel war der Durchgang verboten, Transio proibito. Eine Graugans mit gezücktem Wammerlhals zischte auf mich zu. Die Sonne zog das graue Himmelstuch über sich, kehrte dann als unvollendete Mandorla über der steingrauen Kirche von Tobel wieder. Auch hier nur Gräber, ein knarrendes Tor, eine aufgebockte Glocke zwischen bemehlten und eingesponnenen Totenackerpflanzen. Ich musste nach Süden, zum Vorschein der Sonne. Ich ging bergan. Aus dem Nebel sprang ein Hund gegen mich, und niemand schrie ihn zurück. Die Angst krallte meine Hinterkopfhaut. Rückwärts schleichend schaute ich ihm streng in die Augen. Auch gut brummen half nichts. Ich überließ ihm den Weg und landete in nassen Wiesen, durch die ich nass lief, als liefe ich barfuß. Und hatte mich verlaufen. Ich erreichte einen Weg, der vor einem steilen Tobel endete. Allmählich wurde ich missvergnügt. Ich musste zurück zur Kirche von Tobel, die ich nicht sah, deren Uhrschlag ich aber hörte nahebei. Ich irrte im Kreis zwischen Elektrozäunen. Ich lief auf den Stundenschlag zu, stürzte über einen Rechen, hatte zu den Spinnen nun Gras im Gesicht. Missvergnügt war ein zu sanftes Wort. Im Himmel nun ein blaues Loch, auf dem Kirchhof warf ich einen ersten Schatten. Ein Mädchen an der Hand des sich zu ihm niederbeugenden Karl Philipp zu Hohenlohe-Schillingsfürst fütterte mit einem Büschel Gras die gemütliche Graugans.

Die Sonne schüttete Nebelex über die Tobeler Industriezone. Ich überquerte einen sehr verbarrikadierten Bahnübergang, schweizerdeutsch pfeifend, illegal. Am Gestüt Fliegenegg mit einem scheußlichen Blechross hatte ich endlich den Schwabenweg wieder. Noch 1925 km nach Santiago de Compostela. Ich hatte einen Viertelstag zwischen Lommis und Tobel und an den Tobeln von Tobel vertan. Ich folgte meiner Vernunft und lief wieder in die Irre. Ich geriet in holozäne Erdumwälzungen. Ich kehrte demütig zum Gestüt Fliegenegg zurück und folgte den Schwabenwegweisern. Schweinefabriksgestank, Schülerinnen auf Rädern, im anhängenden Kinderwagen hoch aus Kissen schnüffelnd Karl Philipp zu Hohenlohe-Schillingsfürst. Über der Phalanx der Öltonnentürme klärte sich der Nebel zu einzelnen Wolken. Am Wegeknick kniete vor einem eisernen INRI-Kreuz ein Mann und sagte Bruder zu mir, und dass es wissenschaftlich erwiesen sei, dass Menschen mit Religion länger lebten. Der Mann schulterte das eiserne Kreuz und lief trotz seiner an die Hacken geketteten Kugelstoßkugeln leicht an mir vorbei und kam auf dem langweilig geraden Bachweg gut voran. Öltürme, Monowiesen, Aussiedlerhöfe, Blumenkübel statt Garten. Kein Kuhgeläut. Erster Schweiß statt Nebel auf der Stirn.

Schnaufend überholte mich ein Trainingsanzug. Ob ich die Bäckerstochter zu Lommis kenne. Die wolle er heiraten. Denn nur, das sei wissenschaftlich, mit jüngeren Frauen verheiratete Männer lebten länger. Sie rieche so gut nach Kürbisbrot. Kürbis helfe gegen Prostata. Es sehe, habe der Arzt gesagt, aber gar nicht gut aus. Wolle er eine Chance haben, dann zuerst allgemeine Entgiftung, hernach Ozon-Therapie, dann Entfettung und brandmager leben bis an den vielleicht, vielleicht verlängerbaren Rest seiner Tage. Nun traue er seinen Schuhen nicht mehr, aus denen er aus heiterem oder auch halb vom Nebel gefüllten Himmel tot oder halbtot hinschlagen könne, mit schiefem Maul oder mit weißer Zunge oder verdrehten Augen, oder vollgeschissen hinsinken auf die Stufen vor dem Restaurant und Bäckerei Krone und vor die kreischende Bäckerstochter aus Lommis. Die Hände auf der Brust wie Krähenkrallen, die Füße scharrten noch eine Weile im Reflex und kämen dann ins Feuer. Jetzt treffe er Vorsorge, vermeide den Herzinfarkt, ändere sein Leben radikal und verleihe ihm Sinn. Ehe der

Hahn dreimal krähe, werde er nie geraucht haben. Er werde mit biologischem Rohrfrei versetztes Mineralwasser trinken und sich täglich mehrmals entschlacken. Kleie und Soja würden seine Speise sein. Die Schweinsbrüste renne er sich ab, den Bauch den Hunden zum Fraß. Er werde nur noch Bücher lesen, in denen von Hängearsch und Gedächtnisverlust, von Blasenschwäche, Melancholie und Seniorenmundgeruch nicht die leiseste Rede sei. Er werde, weil nur ein schlanker Engel durchs Nadelöhr fliege, überhaupt keine Bücher mehr lesen, deren Folgen stets Hängearsch und Schweinsbauch seien.

Kaum wurde es wärmer, wurde es schönster Herbst: Wegwartenbittermaul, nachgeborner Löwenzahn, Pfaffenhütle, die Knollenblätterpilzverwechslung, das Tollkirschsüpplein, Schlehengeist, Sauergaumen, Kräutlein rühr mich nicht an, Klettenverschluss, Eichelpfeife, Bitterpappelblättersturm, taube Nuss und Zwetschgengern, Holunderseife, Tomaten unter der Haube, Silberdistelpoesie, erinnerte Kartoffelfeuer, Sonnenkälte, in schwarzen Rainen weiß verbrannte Schneckenbungalows, Herbstdauerlose, und im Weinberg schoss Karbid, schrien die Falken vom Band. Reiches Pilzjahr, dachte ich. Der Steinpilz war aber ein matschiges, braunes, fast zersetztes Papiertaschentuch, von dem ein Trupp Schmeißfliegen aufsurrte. So geht man hin wie ein brüllender Löwe, den eine Stimmbandinkontinenz befallen hat, rief aus dem Unterholz ein erschöpfter Mann, der ein Klo auf den Rücken geschnallt trug mit einem blauen hygienischen Entsorgungssack darunter. Mit seinen 53 Jahren sei seine Lebensbilanz ein Schränkchen voller abgeschnittener Finger- und Fußnägel und verlorener Zähne, eine stattliche Truhe voller ausgegangener Haare, mehrere Badewannen voller Rotz, Schweiß, Tränen und Sperma, ein Kästchen voller Schuppen und Bartstoppeln, zwei Eimer voller Blut und Eiter, ein Löschteich voller Urin, eine Scheune voller Kot unter einem hohen Himmel voller Worte, Pfiffe und Gesang. Und das mal sechs Milliarden aller lebenden Menschen. Er werde seinen Stoffwechsel minimieren, und wenn er doch noch etwas ausscheide, dann werfe er das Sümmchen seines Lebens rasch durchs Klo in den Sack und ab in eine grüne Hundehaufenbox. So werde alles gut.

Am Bach entlang, vergnügtes Gemurmel. Nur Zirpen und Ruhe wie am 23. 8. 1547. Doch wieder Landmaschinengedröhn. Ein Hallimaschvolk hatte einen gefallenen Ast mit Bittermaulgesicht erobert. Bachüberhüpfung auf schrittgemäß versetzten Betontöpfen. Ich taumelte ans Ufer im breughelschen Blindensturz, gab einen grotesken Laokoon und hatte mir was getan. Der gestrige Schmerz hatte einen Zwilling bekommen. Liebreizende Bachkurven, helles Geplätscher über Stock und Stein. Der Streifendienst der Häher schrie im Kahlschlag auf. Ein junger Mann mit einer fröhlichen grünweißen Studentenmütze trug eine nackte, etwas vergilbte Schaufensterpuppe vor sich her. Er hatte sie um die Taille mit beiden Händen auf dem bloßen Po gefaßt, ihr nackter chemotherapierter Schädel schaute ihm rückwärts über die Mütze. Die Puppe hatte einen Arm dem Studenten an den Hals gelegt, der andere stand steif gen Himmel. Er hätte, hätte er eine Frau gehabt, sie sehr geliebt. Er hätte seine Frau so sehr geliebt, dass er ihr gewünscht hätte, dass sie nie von Schmerz, von Schrecken, vom Tod heimgesucht würde. Würde sie alleine im Auto in die Ferne fahren, wäre er nicht eher beruhigt, als bis sie angerufen und glücklich angekommen wäre. Würde sie einkaufen, würde er beten, der Geldbeutel möge ihr nicht gestohlen werden, die Plastiktasche mit Saft und Erbsenglas nicht reißen. Stiege sie auf eine Leiter, um eine Glühbirne einzuschrauben, hielte er sie an den Beinen fest. Bisse sie in einen Apfel, jagte er Wespen. Ihr Unglück zu ersparen, hätte er sein Leben gegeben. Aber es wäre vergeblich gewesen. Sie würde Schmerz erfahren, sie würde sterben. Und sie würde, stürbe er zuerst, dazu die Qual seiner Krankheit, seines Sterbens und Todes aushalten müssen. So war er zur Puppe gekommen, und nun werde alles gut.

Wieder schrittversetzte Bachüberquerung. Die nassen Schuhe quietschen vor Vergnügen. Austritt aus dem Wald. Eintritt in die sich des Sommers schwach erinnernde Sonne. Ihr tiefer Stand verdoppelte den dunklen Waldsaum zu seinem Wiesenschatten. Gütiges Vorabendlicht. So mild wünschte ich mir meinen Lebensabend. Ich schaute ins harmonische Hügelland und dachte, ich müsse vergnügt sein. Behausungen wurden sichtbar. Anet. Ein roter Appenzeller sonnte sich und war zu faul, ungemütlich zu werden. Achtung Kinder, rief ein Holzkamerad. Der Weg ging immer so weiter mit Bächlein und Wiesen und Waldrand und Traktorenlärm. Ich hatte mich zwar nicht wieder verirrt, aber den Schwabenweg verloren. Ich entschloss mich, da ich in meinem Leben immer gemacht hatte, was ich für richtig gehalten hatte, und als ich es getan hatte, hatte ich gewusst, dass es nicht das Richtige gewesen war, gegen Bettwiesen und für Sädel. Wieder wunderschöner Tal- und Hügelblick in diesem milden Licht. Wahres Weichbild. Vertuschte Hügel. An den Kronen der alten krummen Apfelbäume hatte sich schon der große Herbst-Aquarellist zu schaffen gemacht. Auf dem Wiesenhorizont die dunklen Rinderrücken mit gesenktem Hals wie kindgerecht aus Holz geschnitzt. Zwei kleine Adler kreisten und krischen. Dann war ich in Sädel und hatte mich doch verlaufen. Verlärmte Hauptstraße. Den Ort St. Margarethen erreichte ich mit dem Haus Sunneschy. An jeder Straßenlaterne hing eine Schweizerfahne und wehte nicht.

Locker überholte mich der Herzinfarktvermeider. Bislang sei sein Leben nur Unglück gewesen. In der Fußspülwanne des Schwimmbades den Knöchel gebrochen. Die Kniescheibe beim Stolpern aus dem Omnibus. Nachts schlaftrunken den Oberarm knapp unter der Schulterkugel. Einen Handknochen beim Händedrücken. Im Supermarkt rückwärts über seinen eigenen Einkaufswagen gestürzt, das Becken angebrochen, ein halbes Jahr Haft im Starrbett. Aber seit er die Bäckerstochter von Lommis gesehen habe, werde alles gut. Er rannte weiter, ich keuchte.

Drei junge Frau kamen aus dem Schulhaus und kicherten, zogen sich die dicken Dreckstiefel aus, die dicken verkleckerten Pullover über die verwuselten Köpfe, zupften sich Späne aus den Haaren, klopften sich Staub aus den weiten Kragen der schwarzen Blusen, schlüpften aus den verschmierten Handwerkershosen und in schwarze, sehr eng anliegende Stretchpellen, schüttelten die Haare um sich, zogen sich Plateauschuhe an und stiegen jede in ein rotes Auto, schauten in den Innenspiegel, zogen sich die Lippen nach und sprühten Duft um sich und fuhren davon mit einem schnellen Techno-Klang. An der Kapelle St. Margaretha in St. Margarethen (Thurgau) traf ich wieder auf den Schwabenweg und den jungen Mann mit der fröhlichen grünweißen Studentenmütze. Die Puppe lehnte sich an ihn, die Hände über dem Schoß gekreuzt. Was für ein Risiko, rief er, wäre die Ehe. Könnte ein Onkel seiner möglichen Frau zur Konfirmation nicht Gontscharows »Oblomow« geschenkt haben? Wäre es undenkbar, dass seine mögliche spätere Frau das dicke Buch sofort und ganz durchgelesen und sich allen Versuchen, sie zum Aufstehen zu bewegen, zur Wehr gesetzt hätte? Sie würde einfach im Bett liegen bleiben. Eine Bettpfanne müsste gekauft werden. Er könnte von Glück sagen, wenn sie nach mehr als einem Jahr wortlos wieder aufgestanden wäre, doch wären wegen des langen Liegens ihre Sehnen und Bänder verkürzt. Erst würde sie gar nicht gehen können, dann mit unangenehmen Schmerzen, ein leichtes Hinken bliebe zurück. Sie würden heiraten und ein Haus erwerben. Sie würde schwanger. Eine plötzliche Übelkeit würde nichtig scheinen, aber nicht verschwinden. Ein Magenkrebs im letzten Stadium würde diagnostiziert. Die guten Nachbarn kämen am Tag vor dem Heiligabend, um der Familie ein hübsch verpacktes Freundschaftszeichen zu überreichen, und müssten bestürzt erfahren, dass die aus dem Bauch geschnittene Frühgeburt gerettet worden, die junge Mutter aber am gestrigen Tag verstorben sei. Zu gefährlich ist das Leben, die Liebe, nie wird etwas gut.

Den Vorraum der Kirche St. Margaretha durften die Pilger nur bis zur Pilgerschranke betreten, sonst hätten sie alle Kirchenwände mit Rötelstiften beritzt mit ihren Namen, ihrer Herkunft, dem Jahr ihrer Pilgerfahrt. Durch das Holzgatter konnten sie in den Kirchenraum sehen und das Wunder des Hirschen, der der heiligen Idda durch die Finsternis des Waldes leuchtet. Wir hinterlassen keine Pilgerzeichen mehr und werden dennoch in nur hundert Jahren für unsere Nachfahren tiefstes Mittelalter sein. Wenn er nur könnte, klagte der am Kreuz und den angeketteten Kugelstoßkugeln schwer schleppende religiöse Bruder, lüde er sich dieses wunderherrliche Kirchlein auf den Rücken und trüge es bis nach Einsiedeln, ja Compostela, damit alle mit eigenen Augen sähen, wie voller Sinn und Glauben einmal alles gewesen sei und bleiben müsse, sonst würde nie etwas gut.

Ich breitete die nassen Strümpfe über die Stufen vor St. Margaretha. Die schwache Sonne trocknete sie nicht. Aus dem herbstgeschminkten Baum platzte eine Mostbirne knapp neben mich herab. Die Beine schwer, die Hüfte krumm, der Buckel zog hinab. Falls ich religiös würde, würde ich vielleicht noch jene Zeit erreichen, die mir eine perfekte künstliche Hüfte bescherte. Oder sollte ich lieber lahm und früher sterben? Sollte ich ablehnen, dass meine verrottete Leber durch eine Leber ersetzt würde, die in Indien in Bodenhaltung gezüchteten Organspendern entnommen werden würde? Und woher sollte ich, wollte ich mir rechtzeitig den Gnadenschuss geben, die Pistole nehmen bei diesen unamerikanischen Waffengesetzen? Ich hatte mit mir und meiner Zeit zwar nicht das übelste, aber ein übles Stück der Menschengeschichte erwischt. Die geglaubte Ewigkeit war futsch und die medizinische noch nicht da.

Wieder Schweinemästung aus laut klappernden Ventilatoren mir direkt ins Gesicht. Wieder war ein Bach zur Seite. Langweilig und gerade. Mit Naturlehrpfad: Eibenfrüchte sollst du essen, Eibenkerne kannst vergessen. Der neu eröffnete Coop, wo ich endlich etwas gegessen oder getrunken hätte, war selbst zu Tisch. Wo, lieber Herr, leg ich jetzt meine wunden Füsse hoch? Ich war so missvergnügt im kargen Münchwilen aus Straßen und Bahn, dass mich auch die den Türüberbau des Pilgergasthofs Zum Engel mit seinem eindrucksvollen Walmdach stützende, vom Bauchnabel aufwärts sehr weibliche Karyatide nicht aufmuntern konnte. Schon möglich, sagte der Student mit der lustigen Mütze, der seine Schaufensterpuppe nun kopfunter trug, dass sie ihm mit ihren nackten Waden den Hals einkrauste, schon möglich, meine mögliche Frau würde lahmen am Leben, weil ihr kleiner linker Zeh eine Misskrümmung aufweisen könnte, weshalb die junge und dann später meine Frau weder ein Schwimmbad besuchen noch eine Sauna, sich nur unter der Bettdecke ausziehen und dabei die Strümpfe anlassen würde. Schon möglich, ich würde sie zur Liebe überreden und heiraten können. Wer aber garantierte mir, dass sie sich nicht trotzdem aus dem Fenster würde stürzen wollen? Ich würde ihr deshalb eine schwere Eisenkugel an ihren linken Fuß ketten müssen. Doch sie könnte meinen bitteren Samen sammeln und mit ihm die eiserne Fußfessel durchbrennen. Sie würde das gesicherte Fenster einschlagen, das Fensterbrett erklimmen, sich hinabstürzen, obwohl doch mein größter Wunsch gewesen sein würde, als kleiner nackter rabenschwarzer Mohr, den Wuschelkopf in ihrem Schoß, vor ihr zu stehen und mit meinen hoch über den Kopf gehaltenen weißlichen Handtellern ihre Brüste zu stützen. Nichts wird gut. Nur Träume bringen Glück.

Tobel 2 h Fischingen 2 h. Weiter an der Murg. Gerade Rennbahn, Düsenjäger oben, Rasenmäherbuggy, viel Bau, viel Auto, viel Lärm hinter den Büschen am anderen Ufer, den die über Stufen schießende Murg nicht dämpfte. Mir rann der Schweiß. Der Himmel blauer als die letzten verschossenen Wegwarten. Und lächelnd an mir vorbei der Herzinfarktvermeider. Alle Cholesterinwerte klar nach dem Triathlon am und um den Bichelsee. Die Murg verkiest. Tennisgeräusche, schriller Damenschrei, durchs Laub kein Blick von Damenröckchen. Sinnlos wurde ich unter zu niedrigen Brücken durchgeleitet. Die Murg so fischlos schaumig, rostig, leer, dass ein Profi hätte sein müssen, wer sich darin ersäufen wollte. Seit vier Stunden ausgerechnet durch den Obst-Thurgau hungernd unterwegs, ohne dass ein Apfel zu greifen gewesen wäre. Ein Fischreiher, der sich die Füße badete, sah mich an und flog davon. Endlich Feld und Sicht. Eine Apfeltrocknerei qualmte wolkenweiß und verklebte das Land mit ihrer Süße. Natürlich hatte die Wirtschaft Säge mit Sonnenbänken, Spielplatz, Schafgebimmel Urlaub.

So schleppt man sich dahin in zu engen Schuhen und stirbt dann doch. Aber die Murg bog sich nun und verlief unkorsettiert natürlich. Ich wurde romantisch wie ein Winterthurer Maler. Die Murg floss durch einen alten verwitterten Garten, in dem vor der Sonne sich alte, dürre Sonnenblumen mit schweren hängenden Köpfen zerfledderten Dahlien zuneigten. Jemand übte Klarinette. Auch ein Ton kann mancherlei betören. Gegenlicht, Geflimmer und Gekirre durch die Zweige, das Wasser glitzerte als Silberschatz.

Belaubter Weg, belauschte Stimmung. Carpe diem, war das ganze Geheimnis des Lebens. Ein lehrreicher Wildlehrpfad. Eichhörnchen zum Beispiel leben nur in der Paarungszeit vereint, sonst getrennt nach Katze und Kater und verteidigen gegeneinander ihr Revier.

Einem Melancholiker ist nichts zu schwer. Der junge Kerl mit der grünweißen Mütze versuchte barfuß mit hochgekrempelten Hosen, in der Mitte der flachen Murg seine Puppe zu ertränken, indem er ihren kahlen Kopf in das Geglitzer der im Wasser leuchtenden Steinchen drehte und bohrte, wodurch sich die Strömung trübte, als trüge die kahle Puppe langes graues Haar, das den Bach hinunterfloss. Ich könnte mit meiner eben geheirateten hübschen Ehefrau in den städtischen Bus steigen wollen, und meine junge Ehefrau könnte, während sie noch die Stange zum Einstieg in der Hand hielte und den Fuß auf das Trittbrett des Busses gesetzt hätte, vom Sekundentod zurück auf das Trottoir geworfen werden. Können nicht Airbusse aus blauestem Himmel in den Pazifik fallen? Den Fuß gestoßen, Thrombose und Ex, Leukämie überall. Meine Großmutter wurde vom Bombenfeuersturm verzehrt, meine Mutter starb im Bett, meine Schwester fiel von einem Berg, meine Frau könnte an einem wunderschönen Herbstabend von einer Wespe in die Unterzunge gestochen oder von einem morschen Pappelast erschlagen worden sein. Erträglich wäre mir das Leben nur, wenn ich aus dem Fenster schaute, die Unterarme auf das Fensterbrett gestützt und den rechten Fuß mit den Schmerzen der Achillessehne in einem günstig überspannten Winkel hinter mich gestellt. Ich kaufte mir Hund und Katze. Der Hund würde bellen, wenn Feuer ausbräche. Die Katze miaute, wenn das Gas ausströmte. Meine Augäpfel den Augenapfelkranken. Meine Haare zu Perücken. Mein Rückenmark der Deutschen Forschungs-Gemeinschaft. Meine Knochen zu Knochenmehl, um Delphine und Wale zu füttern, von deren Knochenmehl wir lange genug gelebt haben. Dass man jetzt den Ausgang der Liebesgeschichten im Fernsehen selbst bestimmen kann, finde ich eine Bereicherung. Wider besseres Wissen werde ich mir immer ein gutes Ende wünschen. Allons, enfants de le bonheur, rief der Student und wollte sich die Schuhe anziehen, was ihm schwer fiel, weil er, sich bückend, vornüberfiel, und weil er, wenn er nicht vornüberfiel, beim Bücken den linken statt den rechten Schuh erwischte, den er nicht hatte erwischen wollen, und weil er, sich bückend, die Schuhbändel nicht erwischte, sondern wieder vornüberfiel. Ich bog den Hals und schaute ihm von der Brücke herab zu und wettete mit mir, ob ihm jemals etwas glücke.

Das Trottoir musste ich teilen mit wilden Velofahrern. Bei jedem Schritt schwappte das Blasenwasser in den Schuhen. Ein wilder Velofahrer stieß mir ein schwarz eingesargtes Streich- oder Zupfgerät an den Kopf. Seit ich geboren wurde, schlabbert mir die Nabelschnur um den rechten Fuß und bringt mich leicht zu Fall. Am Ortsausgangsschild wusste ich: Ich hatte soeben Wies-Wiezikon verlassen. Totenkreuz am Asphaltrand. Hier war einer ein Verkehrsopfer geworden. Ein Mann, mittelgroß, mittelalt und mit mittlerem Übergewicht, im halbhohen Dienst, dessen einzig bemerkbare Leidenschaft war, sich mit einer Pinzette Barthaare auszureißen, bekam über Email die Nachricht, dass, wenn er der sei, der 1974 in Wil Matura gemacht habe, man sich im Schwarzen Adler treffen könne. Der Mann fand den Namen der Absenderin eine Verheißung. Er setzte sich ins Auto. Das Auto sprang nicht an. In der Werkstatt, wohin das Auto abgeschleppt werden musste, lieh man dem Mann, dem es pressierte, ein Ersatzauto. Auf dem Weg zum Schwarzen Adler setzte ein Nachtunwetter ein. Die Scheibenwischer des Ersatzautos regten sich nicht, die Beleuchtung ersoff im Regen, der Schalter für die Warnblinkanlage ließ sich nicht bewegen. Der Mann, der sich für seine Verabredung schon allerhand Dinge ausgedacht hatte, wollte aber nicht aufgeben, einmal rasch das Leben packen, wollte zum Schwarzen Adler trampen in Unwetter und Nacht. An ihn erinnert das eiserne Kreuz.

Und ich war mal wieder zu weit gelaufen und musste zurück und den Schwabenweg suchen. Ein sich weitender Blick: Die schönen Hügel voraus wurden immer steiler und vermauerten das Murgtal. War das Hörnli schon dabei? Um Anwil reiches, aber sehr bewachtes Obst. Überall knieten Alte oder Frauen oder Kinder unter den Bäumen und warfen Fallobst in Körbe und Wannen. Durch die Wiesen kroch der Mann mit seinem Rückenklo und dem blauen Hygienesack darunter und suchte nach Exkrementen, die Appenzeller oder Berner Sennenhunde mit verdrehten Augen und geknickten Beinen hinter sich gelassen haben könnten. Wo denn sonst auf der Welt als in der Schweiz klaubten Menschen mit über die Hand gezogenen Hundekotboxentüten Hundekot aus Wiesen, um ihn abzuliefern in der Hundekotbox? Besser sei er dran, sagte der Mann mit dem tragbaren Klo, als sein Cousin, dessen Erbe auf 200 Millionen geschätzt werde, der leide an einer Immunschwäche gegenüber allem Schmutz der Welt und liege in einem hermetisch abgeschlossenen westfälischen Wasserschloss unter einem Vorhang aus Seide. Und Diener trügen mit weißen Handschuhen Nachtigallen in arabischen Käfigen vor dem Fenster vorbei und die Silhouette von Claudia Schiffer.

Fischingen 1 h 05 min. Der Student mit der fröhlichen grünweißen Mütze hatte seine nackte Puppe an den Pickelhaubenweiser gestellt und fragte: Ihre Frau stirbt, und Sie müssen sich entscheiden: vergraben oder verbrennen? Beides kein schöner Gedanke! Gerade als ich schnell und heimlich in eine Wiese treten wollte, schon die Hand zu einem roten Fallapfel streckte, ihn aufhob, brummte eine Säge, sah ich einen Bauern, der einen Astbruch abschnitt, und warf den Apfel, der auf der Kehrseite braunfaul war, schnell wieder ins Gras. Ich wusste, wie harsch Schweizer selbst auf Pilgermundraub reagieren konnten. Schon boll ein Hund. Der Weg stieg hart in den Wald hinauf. Ich tropfte irisch-römisch. Die ruinierte Lunge würgte. Die Knie zwei Meniskusbohrer. Verfluchte Geschichte, vermaledeite Ästhetik, warum hatte ich mich einem liebevoll rekonstruierten Pilgerweg ausgeliefert, der bar jeder modernen Vernunft auf und ab über Höhen lief, die längst keine Sümpfe, Moraste zu umgehen hatten. Verstärktes Sohlenweh. Die Pause auf dem Baumstamm brachte mir einen Harzhintern ein. Seit meinem ersten Schulweg, der mich durch einen hohen Wald zwang, fühlte ich mich aus den Wipfeln der Bäume von um den Stamm lugenden Eichkatzen mit tauben Nüssen beworfen. Und dann sah ich Oberwangen. Die dickbauchige Kirche St. Martin, in malerischer Lage ansteigenden, noch immer grünen Wiesen aufgesetzt, ja, das war lieblich vor herbstmild verschleiertem Blau. Ein stilles schönes Bild in schweren Farben, das ich, verkleidet mit Bart und Hut, im Winterthurer Museum datiert haben würde auf 1888, Schwabing. Und oben vor lichtem Himmel zwei sich zuneigende alte Eichen.

Sie hatten ein Leben lang zusammengelebt, von schön und scharf bis schief und matt, sodass die Jungen schließlich bei ihrem Anblick dachten: Son Schrott will ich nicht werden! Noch immer gingen sie Hand in Hand zum Einkaufen, was zunächst nur Stunden dauerte. Er hielt dabei sie, weil sie nichts mehr sah. Sie ihn, weil er seit dem ersten Schlag in Schritten trippelte und schlurfte. Glück wäre gewesen, würden sie sich über den Wolken dereinst wiederbegegnen, wie sie sich an ihrem Verlobungsabend begegnet waren: wirbelnd, schäumend fröhlich und voller Zukunft. Die alte Geschichte von Philemon und Baucis lasen sie sich unter Tränen vor. Nicht deren Verwandlung auf ewig, aber ein bisschen zu hoffen blieb, dass sie nebeneinander in Särgen lägen und ihre Knochenhände durch die zerfallenden Bretter zueinander strecken würden. Die von Toten überlastete Kommune führte die Doppelstockbelegung ein. Er, der zuerst gestorben war nach dem zweiten Schlag auf dem Einkaufsweg, lag unten. Sie, die zwei Jahre lang nur noch geweint hatte und dann gestorben war, oben. Sie sackten aufeinander. Nach fünf Jahren kratzte ein Bagger die Knochen, an denen noch Haar und Hautfetzen klebten, zusammen, und sie wurden, zwar vereint, aber mit vielen, verbrannt.

Kein Hund in Oberwangen. Reiner Schweinestallgeruch, ohne die Dreingabe von Schweizer Käserei. Ich blieb, die Hände im Wasser, auf dem Brunnenrand so lange sitzen, bis ich meinen Füßen alle Suren zugeflüstert hatte. Dann machte ich mich auf zum Martinsberg. Die steile Treppenserpentine stampfte mir ein bei jedem Tritt zur anderen Seite schwankender Rundling entgegen, aus dessen Rotgesicht ein Stumpen dampfte. Ungeleint begleitet von einem wahren Bernhardiner, rotäugig, hinterhältig, altersgiftig, dem die Lefzen schwarzweiß hingen vor einem gut gehaltenen Gebiss mit zwei Reißzähnen in Nashornhorngröße. Ich freute mich des ersparten Aufstiegs. Jetzt Wasser! Jetzt Brot! Vor dem Dussnanger Laden saßen drei junge Frauen oder hübsche alte Mädchen, spreizten die Beine von sich und rauchten aus schwarzen Lippen munter in die Welt. Wenn ich hätte über sie steigen und den Laden betreten und Wasser und Brot kaufen wollen, hätte ich erst mein eines, dann mein anderes wehes Bein, mühselig genug, anheben und über sie heben müssen. Ich hob meine alten Beine nicht, obwohl mir hinter dem Fenster des Ladens Karl Philipp zu Hohenlohe-Schillingsfürst heftig winkte. Dem Laden gegenüber saßen vor dem Kurhaus und Kneipphof Alte, Latschen an den blauen Füßen, und schleiften die Stühle über die wandernde Schattengrenze vorwärts in die Sonne, die über dem hohen Dach verschwand. So weh es mir auch tat, trat ich, obwohl die drei Frauen nur sich selbst anschauten, beherzt auf und lief zurück zur St.-Martins-Kapelle, doch war der qualmende Rundling immer noch da, und sein Zerberus hob den Kalbskopf von den Pfoten und erkannte mich aus nur scheinmitleidig roten Kummeraugen. Der Weg nötigte mich aus historischen Gründen hoch über das bequemere Tal, höher als die Dussnanger Kirchturmspitze. Kieferwurzelnetze wie sehr alte Adernhände. Ich ließ viel Schweiß, musste stehen bleiben, husten, mich auf die Knie beugen. Eine Frau rannte federnd vom Vitaparcours herab, ihr angegrautes Stirnhaar wippte, ihre Ellenbogen marschierten, ihre Füße hüpften, und sie hatte noch Atem genug, mich freundlich zu grüßen, während ich röchelte. Ich hatte nun genug von meiner Pilgerreise.

Wieder hinab ins Bachtal. Eine Sägerei, Gerumpel, Gepumpel, Gekreisch. Aber keine Schweinezucht. Erster Blick auf das Kloster, ins schwarzgrüne Tal geduckt, dessen Himmel die dunklen Tannenberge fraßen. Von der Wiese erscholl das dumpfeste Kuhglockengeläut des Tages zum Rauschen der Murg. Wer jetzt kein Gasthaus hat, der findet keines mehr. Vor der Sonne, Haldengut-Bier, saßen zwei Mädchen auf dem Boden neben ihren Rädern und grüßten artig den alten Pilger. Zwar hätte ich meine im Schritt schlabbernden grünen Hosen hochziehen können und um sie herum und in die Sonne gehen können, doch ich hatte das helle Zungenrot der Mädchen gesehen und ahnte das Zungenunterblau, das Hoffen oben, die sterblichen Adern unten, ich hatte gesehen, wie von der zum Weinen verletzlichen weißen Schulter eines der Mädchen ein rosa Riemchen gerutscht war, ich war ihnen zu nahe getreten und sah weg und lief errötend weiter. Die Straße war eine Radrennfahrerautobahn, Hörnli ufe und abbe, Männer immer vornweg. Auf dem Klosterbuckel gingen die gelb oder rot eingeschweißten Ärsche aus dem Sattel und zeigten ihr festes Hinterfleisch. Chäs-Egge, da stopfte ich meinen Wandersack mit Käse, Brot und Wein. Ein zum Mord entschlossener Appenzeller Hund fuhr gegen mich, war aber eingesperrt. Hühner- oder Leberblut säumte seine weißen Zähne. Restaurant Ochsen Metzgerei, Haldengut, keine Zimmer, keine Karte. Speise-Restaurant Sternen, Zimmer Chambre Room, Schützengarten-Bier, Wurstsalat einfach 7, garniert 12 Franken, Hinterthurgauerkäseteller 8. Das wärs gewesen, wäre nicht, als ich eintreten wollte, die Wanderin mit dem festen Gang herausgetreten. Ich ging in die andere Richtung. Schönes Riegelhaus zur alten Schmitte. Bäckerei P. Heuberger hatte feini Zöpfe. Mein Führer verhieß im Gasthof Post, Haldengut, Schlafgelegenheiten. Ich hätte fragen müssen, aber für das Fragen hätte ich die Post betreten und an dem rabenschwarzhaarigen Mädchen, das an einem Holztisch neben der Tür zur Post mit seinen Füßen läutete, vorbeigehen müssen. Ich hätte hochdeutsch grüßen müssen, ein »Wie-ä«? geerntet, und wieder wäre eine Verheißung zerstört gewesen. Ich setzte mich vor das Kloster und schaute vom erhabenen Hügel zurück ins Tannenzapfental, aus dem ich gekommen war. Ein Zehennagel hatte sich blutig ins zarte Fleisch seines Nachbarn geschlagen. Ich schaute in den Ort, nur seine rechte Seite war noch besonnt. Ein Fischreiher flog über das Tal, mit geknicktem Hals, und krächzte. Was sollte ich jetzt machen? Ich tat so, als beschaute ich mir, bevor das hügelrunde Bergbeil die Sonne ganz weg und das Tannental in die unausweichliche Nacht gehauen haben würde, das Kloster Fischingen. Ich sah in der Idda- oder Itakapelle Idda oder Ita, die Beschützerin der geistig Armen, Kranken und Sterbenden. Der Sarkophag der Heiligen war leer. In die quadratische Öffnung an der Vorderseite hatten die Pilger ihre vom Weg gemarterten Füße gestreckt. Auch der religiöse Bruder hatte seine Hosen hochgekrempelt und drehte seine rosigen Füße in der Öffnung unter dem

Leib der Heiligen. Es sei zwar nur Fußpilz, aber auch Fußpilz sei ein Leiden, für das die heilige Idda zuständig sei. Man müsse nur dran glauben.

Schatten hatten sich ganz auf das Tal gesenkt. Der Himmel näherte sich einem Nachtstück in der Manier von Adam Elsheimer mit Abendstern und nachglühender Swissair. Mich fror. Ich schlich ums Kloster und hoffte auf den Friedhof. Im Kreuzgang, im letzten Licht, hob einer ein Grab aus. Klumpen flogen aus der Erde, aus dem ein alter Mönch mit Schultern und Tonsur ragte: Ich war ein lebenslustiger Vogel. Ich wollte Diplomat werden. Ich trainierte zweimal in der Woche in einer Mucki-Bude. Dann wurde ich verlassen. Dann wurde ich wieder verlassen. Es war nichts mit mir und den Frauen. Ich schrieb mich in Hamburg für den neu geschaffenen Studiengang Thanatologie ein. Unsere Praktika hatten wir in Altenheimen abzulegen. Darauf brach ich meine Examensarbeit mit dem Thema »Wie die Alten dem Tod begegnen« ab und trat dem Konvent der heiligen Idda bei. Ich hatte keine höheren Weihen und wurde der fürs Begraben zuständige Laienbruder, der Versenker. Ich bin der letzte Mönch, ich hebe immer das selbe Grab aus und schütte es wieder zu. Ich bin ein alter sündiger und geiler Drecksack und werde mir eine Plastiktüte über den Kopf binden, besser: Ich schieße mir in den After.

Ein Bus zurück in den Kneipphof von Dussnang fuhr nicht mehr. Ich hatte mich, da ich diese Nacht nicht im frischen Grab des Versenkers schlafen wollte, zu entscheiden und wählte die Post. Das Mädchen mit den pechlangen Haaren war eine kleinwüchsige Tamilin, die ein Kreuzworträtsel löste mit einer dafür, dass es zum Lesen zu dunkel war, erstaunlichen Geschwindigkeit. Sie fragte nicht »wi-ä?« und führte mich treppauf, stiegenab in ein Gemeinschafts-Matratzenlager. Das hatte ich immer schon gefürchtet. Sie stellte eine Kerze auf einem Bierdeckel auf das Fensterbrett. Strohsack, graue Pferdedecke, Holzpfeiler zum Spreißelreißen. Bad, fragte ich. Wi-ä?, fragte die Tamilin zurück. Das Bad sei der Brunnen hinter dem Haus, zum Schiißen und Lösen müsse ich die Treppen und Stiegen zurück. Käse, Brot und Wein, bis die Kerze niederflackerte. Durch die Wände Mäusegeflirr. Im Dachstock hupfte Größeres im Dreisprung. So schlief ich ein.

Den Herzinfarktvermeider leuchtete die Tamilin mit einer Miliztaschenlampe herein. Ihm träumte: Im Jahr 1995 sei das Melatonin entdeckt worden. Ein Hormon aus der Zirbeldrüse, das einzige Mittel, das den Alterungsprozess aufhält und womöglich auf ewig gebrestenfrei macht. Melatonin wird von der Zirbeldrüse nur im Tiefschlaf bei absoluter Dunkelheit gebildet. Der

Herzinfarktvermeider quartierte sich auf dem Feldbett in der Atomschutzzelle seines Hauses ein und schloss sich an einen Dauer-Schlaftropf an. Die Zirbeldrüse produzierte. Er verschlief im würdigen Alter von 1703 Jahren den Untergang, der von den von Grönland her auslaufenden Eisbergen bewirkt worden war, und hätte, voller Melatonin-Überlast, noch weiter geschlafen, wäre er nicht von Anthropologen, die vor dem steigenden Meer erst von Hamburg, dann Osnabrück und Münster auf die Hochebene der Universität Siegen geflüchtet waren, in ein Human-Museum auf dem schon stark bedrohten Feldberg gebracht worden. Dort setzte man ihn in einen Kletterbaum und warf ihm digitale Bananen in den Käfig. Als man zum Mars übersiedelte, ließ man den immer noch Schlafenden zurück, dem im Traume träumte, dass das Leben der Bäckerstochter von Lommis nur durch die Transplantation einer Niere des Herzinfarktvermeiders zu retten sei. Erst auf dem Operationstisch erfuhr er, seltene Laune der Natur, dass er nur eine Niere hatte. Jetzt lieber aufwachen!

Dem Herrn mit dem Faltklo auf dem Rücken träumte, dass er sich verschanzte in einem palasartigen Turm, auf dessen Zinnen er eine rote Fahne hisste, weil er für immer unbehelligt bleiben wollte von der Menschheit. Da wurde er scheußlich von Todesangst heimgesucht. Von

Maden, die nicht einmal knacken würden, wenn er sie zu zertreten versuchte. Die Blätter fielen auf die Zinnen, wurden ein weiß durchscheinendes Gerippchen, dann Matsch, dann nichts für immer. Die Krähen, die seinen Turm umflogen, brachen sich das Genick an der Glasfassade. Er verließ den Turm nicht mehr und schaltete den Fernseher sofort ab, wenn kubanische Volleyballspielerinnen beim Netzsprung gezeigt wurden. Als er las, dass, wenn ein Meteor auf die Erde schlüge, dies auch für die, die nicht getroffen werden würden, das sichere Ende in Wasser- und Schlammfluten und dauernder Finsternis bedeuten würde, orderte er ein festes Bergsteigerseil, ein Drei-Kammer-Schlauchboot und einen Feuerlöscher. Er rutschte beim Abstieg vom Turm, Schlauchboot und Feuerlöscher auf dem Rücken, auf einem Blatt aus und starb friedlich in den Armen der Bäckerstochter von Lommis, die bis zu seinem letzten Atemzug nicht von ihm wich, obwohl er verlangt hatte, dass sie in einem anderen Raum schlafe, weil er fürchtete, ihr Fußpilz könne auf ihn übersporen und den Nagel seines kleinen rechten Zehs erst gelb, dann rillig, dann matschig werden lassen.

Der religiöse Überlebensbruder brachte die Kapelle St. Margaretha nicht durch die Tür. Bis er das begriffen hatte, war ich tagwach und hatte mir den Kopf gestoßen am Oberbett. Nicht immer war er religiös gewesen. Für eine Ohrlaus hatte er es erst gehalten, dass er das Ticken von Uhren nicht ertragen konnte. Das Ticken kam aber aus den Gedärmen und war die Unheimlichkeit der Zeit. Ein Jahrtausend war vorbei, und er mit ihm. Nicht einmal durch seine fast schwarz getönte Lichtschutzbrille schaute er in einen Spiegel. Er, der einst nicht älter als James Dean, später nicht älter als Büchner, dann Schubert hatte werden wollen, sah sich schrundig und zahnlos, podagrakrumm und mit vom Greisenring trüben Augen im Hemd auf dem Kackstuhl sitzen unter drei sabbelnden Männern im Hemd, aber er war der Einzige, der, weil ihm die Unterbeine fehlten, keine Pantoffeln trug. Er floh vor der laufenden Zeit, flog mit dem Flugzeug gegen die Uhr, sodass er Stunden gewann, bis er in der Wüste Gobi nahe dem Äquator durch schnelles und immer schnelleres Rückwärtsrennen fast dem Wechsel des Tags in die Nacht entkommen wäre, wäre er nicht, geplagt von dem im Rückwärtsrennen sich wie rasend beschleunigenden Zerfall seiner Zellen und vom Knacken und Bersten der Sollbruchstellen seines Körpers, stehen geblieben, und hätte er nicht in sich hineingehorcht, um dem Zuwachsen seiner Adern zu lauschen, dem nekrosen Verklumpen seines Groß-, dann Klein-, dann Stammhirns, dem Verrotten seines linken Nebenhodens, wie mit hellem Kling und Klang die Geschwulstzellen in die Blutbahn feuerten. So stand er und hatte in sich gehorcht in der Wüste Gobi und war religiös geworden.

Als die Tamilin den gekippten Rollstuhl treppauf, treppab schleppte, als sie Karl Philipp zu Hohenlohe-Schillingsfürst aufs Matrazenlager legte, die Füße nachschwenkte, ihm die Schuhe auszog, versuchte der letzte Komtur von Tobel, aus dem Kragen der Tamilin das Leben zu erschnuppern. Einmal noch Glück, stotterte er, dem, als er Kind gewesen war und die von ihm so ersehnte Schaukel an die Teppichstange gehängt wurde, ein Pfosten abgebrochen war. Als beim Abitur sein Nebenmann bei ihm abgeschrieben hatte, war er wegen Fälschens durchgefallen. Sein Fernseher war implodiert am Tag nach Ablauf der Garantiezeit. Sein Vater, der an der New Yorker Börse sehr erfolgreich mit Maisoptionen spekuliert hatte, war auf dem Rückflug mit dem Geld und der Geliebten in den Atlantik abgestürzt. Als er sich verliebt hatte, hatte er von ihren paraphilen Neigungen nichts gewusst, nicht einmal dieses Wort gekannt. Keine Frauen mehr, hatte er sich zugeschrien, als er sich vom Zug hatte keilen lassen wollen vom Schritt bis zum Schädel, aber sonntags war kein Zug gefahren. Während des Studiums hatte ihn über Nacht eine Schuppenflechte befallen. Als er im Toten Meer geschwommen war, wobei seine über die Wasserfläche ragenden besonders befallenen Schultern berieselt worden waren durch ein nicht leichtes Gerät, das er mit den Füßen bedienen konnte, hatte er sich verliebt in eine Schönheit, die ihm, als sie seinen deutschen Namen erfahren hatte, ins Gesicht gespien hatte. Er war nach Patagonien geflohen. Die Schuppenflechte hatte in Patagonien den ganzen Körper überzogen. Er war heimgeflogen ins Hohenlohische, hatte sich einen Strick gekauft, war auf der Streuobstwiese, auf der er immer schon hatte sterben wollen bei untergehender Sonne, von einem Baumast gesprungen. Der Strick war gerissen. Er hatte sich bei der Komturei Tobel beworben und den Halsduft der paraphilen Geliebten gesucht. Sehnsucht – dein Name ist Hohenlohe-Schillingsfürst. Und alles wird gut.

Mir träumte, ich würde mich wie alle Pilger ins Gelingen verlieben. Träumend schloss ich mich den Kryotechnikern an, die auf Vereisung der genetischen Substanz setzen, die dann, wenn die Zeit gekommen ist, dass Traurigkeit, Krankheit und Tod überwunden sein würden, wiederbelebt und inkorporiert werden würden, sodass ich in Abwesenheit jeglichen Schmerzes würde leben können, solange ich würde leben wollen. Ich schloss den Vertrag über die teuerste Variante ab, die, wenn ich gestorben sein würde, Tieffrierung nicht nur meines Kopfes, sondern meines kompletten Körpers samt Auferstehung in Nordarizona garantierte. Allerdings lebe ich still und ländlich, sodass nach meinem Tod der Weg zum Klinikum, in dem ich unterkühlt werden würde, weit ist, weshalb ich dabei Schaden nehmen könnte. Ich mag aber nicht in der kommenden Zeit mit einem post festum genetisch nicht mehr reparablen Hinken oder Schielen bei gleichzeitigem Zwangszungestrecken ewig leben. Außerdem könnte ich an einem Sonntagsinfarkt sterben und frühestens montags anverwest gefunden werden. Auch werden meine Zellen mit dem Alter nicht jünger. Ich werde mich ab sofort um meine bessere Zukunft kümmern. Ich werde mir jedes entbehrliche Stück, solange es noch leidlich frisch ist, abnehmen lassen und der Vereisung zuführen. Zunächst einen Arm. Ich kann Tastatur und Maus einhändig bedienen. Dann beide Beine. Ich komme auch vom Rollstuhl ins Internet, das mir, so still und ländlich ich auch lebe, die Welt erhält. Ohne Blinddarm und Milz bleiben mir Blinddarmentzündung und Milzriss erspart. Das Glied wird auf Eis gelegt und gewissenhaft vorübergehend deanimiert. Wenn ich meinen Kopf abgebe, werde ich etwas traurig sein, weil ich die Bäckerstochter von Lommis nicht mehr sehen kann, erst wieder deren Urur- oder Urururenkelinnen. Mit denen aber werde ich dann glücklich sein, in alle Ewigkeit lieben, lachen, trinken, leben und Marathon laufen. Es bleibt das statistisch unwahrscheinliche Risiko, dass vor meiner Wiederauferstehung und nach einer möglichen

Erdkatastrophe die Menschheit in den Andromedanebel umsiedeln müsste. Und wer hätte, Vertrag hin, Vertrag her, um 2744 Interesse, einen vereisten Penis aus dem Jahr 1999 mit zum Andromedanebel zu schleppen. Der Raum wird knapp sein. Raus damit, werden meine Nachfahren denken, mein vereister Penis flöge in den Weltraum und flöge da ewig unerlöst in den Milchstraßen umher. Deshalb schneide ich mir besser sofort alles ab, lasse mich über der Biomülltonne austropfen und werfe mich in den Restmüll. Ende gut, alles gut, Finis.

Ach was: Finis! Der junge Student mit der lustigen grünweißen Mütze tanzte auf Strümpfen mit seiner nackten sperrigen Puppe durch das Matratzenlager. Sein Schatten und der Schatten der Puppe längten sich, kürzten sich, bogen sich auseinander, fielen in eins, mal stand ein Schoß ab, mal hieb eine Hand zu, mal glitt eine ungeheuerlich vergrößerte Brust um die Wände, mal küssten sich Hintern, mal tanzten sie aufrecht, mal kopfüber, mal zugleich aufrecht und kopfüber, mal flogen sich Lippen zu, dann wieder auseinander. Ein Kreiseln, Liebeswalzen, sockenleises Verschmelzen, Trennen und wieder Verschmelzen. Von solcher raschen Heftigkeit war dieses Leben, dass ich mir, geweckt von den über mich herfallenden Schatten, wieder mehrmals den Kopf stieß.

Ein dritter Tag

(winterlich, con amore)

Sie wird aufgestanden sein und den Reisewecker nach dem dritten Piep erschlagen haben. Die Haare gewaschen, sie mag Verwahrlosungen nicht. Sie wird die langen Winterstrümpfe angezogen haben, das feste langärmlige, bis über die Schenkel hängende Unterhemd aus gerauter blauer Baumwolle, das sie aufgestöbert hat auf einem St. Galler Gassenmarkt, bei einem Appenzeller mit Goldsternen in roten Ohren. Die Stiefel wird sie am Abend zuvor mit Froschfett eingeschmiert haben. Ihre Hacken mit Hirschtalg geschmeidig gemacht. Ihr Rucksack wird gut gepackt sein. Sie wird sich nicht schminken, nur eine fettere Wettercreme auflegen. Dabei wird sie in den Spiegel schauen und mit plötzlichem Trauerbauch an die verlorene Liebe denken. Und an diese Tagesroute, zu der sie sich das Glück wünscht, nur bei sich und ihrem Atem sein zu können und Blicke zu sammeln, die sich einbrennen und die sie würde aufrufen können, wenn im Bett, das nicht das eigene sein wird, nur noch Erinnerungen an gehabte Blicke und gehörte Melodien die Qual des Sterbens abblenden könnten. Für die Putzfrau wird sie ein Fünffrankenstück auf den leeren Block der Minibar legen, die sie nicht benutzt hat. Dem Wirt, der sie, da sie 's Wiib isch, auffordern könnte, lieber mit dem Postbus zu gehen, würde sie den Rücken kehren. Sie wird ins Graue sehen und wissen, dass darüber schon die Sonne scheint. Eine Sicht bis zu Mönch und

Jungfrau, Tödi. Höchstens, dass sie ihren Jackenkragen höher schlägt. Der Nebel perlt ihr ein Menjoubärtchen auf die Oberlippe, das sie mit einem langsamen Zungenschweifen ableckt. Sie weiß, dass dabei blaue Adern an der Unterseite ihrer Zunge zu sehen sind, ein Säugetiersachverhalt, ihr Intimstes, an dem niemand teilhat. Sie wird die Fischinger Nebelkinder zur Schule gehen sehen, sich in ihnen sehen, damals in ihrer Stadt, weghüpfend vor den Schneepfützenpflügen der Autos, und wie sie die unvermeidbaren Hundescheißeschuhe auf einem übrig gebliebenen, an den Rinnsteinrand geschobenen und schon fast rußigen Schneeballen abzustreifen versucht hatte. Der Schmerz des so weit es nur geht umgebogenen Fußes ist eingebrannt. Sie weiß immer noch nicht oder nicht mehr, ob sie ein Kind haben oder Kinder gehabt haben möchte. Dies zu wissen hieße, das Wissen um das ungewisse, aber sichere Verfallsdatum der blauen Adern auf der Unterseite der Zunge vergessen zu können, ohne Sturzangst leben zu können. Sie hat aber, seit ihr die Liebe überfahren wurde, Sturzangst. Sie wird nun stehen bleiben, den Kindern nachsehen, den Handschuh abstreifen und rauchen. Sie weiß auch nicht, ob sie hinter der dunklen Eichentür mit dem getrockneten Kornkranz, die der Mann zuschlägt, zurückbleiben möchte, in der Familienhöhle sich beugend über den Duft des Kinderbettes, in Augen sehend, die

auf ihre Augen angewiesen sein würden, in Augen, die, auch wenn sie ihre Augen längst gebrochen gesehen hätten, noch immer mit kleiner Wutkolik in den Spiegel sehen könnten: Hätte sie mich doch nie geboren, oder hätte sie mich doch anders angeschaut. Sie will keine blauen Adern auf der Unterseite einer Zunge verschuldet haben, deren Küsse Tränen wären. Sie liebt sich nicht so, dass sie davon überzeugt wäre, ein Teil von ihr solle überleben in einem Universum, das nur ein Stäubchen in einem Polyversum ist. Zu wissen, dass Leben Tod ist, heißt Mensch sein.
Sie wird bei der Frau in der Bäckerei Heuberger ein Ruchbrot kaufen und, nachdem sich herausgestellt haben wird, dass sie Schweizerdeutsch versteht, erfahren, dass die Tochter mit einem Bäcker aus Lommis verheiratet sei, selbst wiederum eine Tochter habe, die aber ganz gewiss nicht ins Backgewerbe eintreten werde, da sie mit einer Mehlstauballergie geschlagen sei. Wo das Leben am schönsten ist, ist es eine witzige Volte.
In der Käserei wird sie ein Stück Murgtalkäse kaufen, Milch, zuckerfreie Cola und die Verkäuferin klagen hören über das Käsereisterben nicht nur im Murgtal, nicht nur im Thurgau, nicht einmal nur in der Ostschweiz, sondern in der Schweiz überhaupt, ja auch in Österreich, zumindest Vorarlberg, von Deutschland wisse sie nichts, vermute aber, dass es in Deutschland erst noch keine Käsereien mehr gebe, sondern nur-

mehr Käsefabriken, weshalb sie gut daran tue, noch ein größeres Stück Murgtalkäse einzupacken und mit nach Hause zu nehmen, denn sie glaube nicht, dass in Konstanz, wo sie schon einmal gewesen sei, um sich einen Zahn günstig richten zu lassen, oder selbst in Kreuzlingen, wo sie mit der Migros-Geschichtswerkstatt gewesen sei, um den Abbau der unter dem Tarnkleid von immergrünen Tannen eingestampften Panzersperren gegen Deutschland zu beschauen, dass also, glaube sie kaum, in Konstanz und in Kreuzlingen echter Murgtalkäse zu bekommen sei, weshalb sie also gut beraten sei, Murgtalkäse im Murgtal und bei ihr einzukaufen, und zwar gehörig.

Der Fahrer wird aus dem halb herabgelassenen Fenster des Busses der Busbetriebe Hinterthurgau-Wil rauchen. Sie wird vor dem gelben Wegweiserkreuz ihre Karte ausbreiten, in der sie ihren Weg grün markiert hat. Je weiter sie sich vom Parkplatz am Kloster entfernt, umso unbegangener wird der Weg sein. Sie steigt weiter hinauf die Schwobegass, über einen Hang, von dem ein Bauer 1854 in sein Tagebuch notierte: *Heute zum wiederholten mal Dornen an den Pilgerweg gesteckt, um zu verhüten, dass die Schwaben nicht immer wieder neben aus u. hinab über das Fruchtfeld springen; dessenungeachtet, eben weil sie sahen, was die Dornen bedeuten u. verwehren sollten, trieben sie es heut am boshaftesten, denn nachdem schon weiter oben ihrer Zwei über den grasbewachsenen Gerstenbühl hinabgeschlirpet, u. ich deshalb einige Worte der Entrüstung u. Zurechtweisung zu ihnen hinüber gerufen, welches die Wirkung übte, wie wenn Öl zur Flamme gegossen wird, darauf rannten mehrere Nachkommende mit den Ersten über alle Dornen hinweg u. hinab über den mit Haber und Erdäpfeln bepflanzten Bühl. Diese satanische Bosheit u. leichtfertiger Muthwille brachten mich so ausser mich selbst, dass es mir wohl schien, man dürfte wie weiland gegen die Türken, so jezt auch wider die Schwaben bethen. Sie sprungen im tiefen Pfadgraben über den schwarzen Fettgrund, in dem das Gras üppig wächst, u. gedachten nicht, dass im fetten Grund ein langer Schwob begraben liegt. Wie flüchtig u. veränderlich alles Irdische seinen Wandel hat.* Sie hat in den fetten Grund aufgelassener Gräber geschaut und gesehen, was vom Menschen nach Jahren noch bleibt. Sie hat einen festen Tritt, den sie sich gegen das Sohlenzittern angewöhnt haben wird. Ihre Sturzangst ist die Angst, die Liebe zu umarmen und mit den Schulterblättern das ganze Skelett. Die Erde ist gefroren, sie sänke sonst ein in den von Tieren und Ahnen gedüngten, überall fetten Grund. Sie wird nicht wissen, ob sie verbrannt werden möchte. Die Welt ist schön und hell noch im Grauen, jedes Gras, jeder Ast ist mit weiß gefrorenem Nebel gespickt. Sie behaucht einen Ast, der schmilzt zur Schwärze. Sie wird weitersteigen, sie wird die Sonne ahnen, sie wird sie sehen, die den Reifwald tropfen lassen wird, etwas verbliebenes Grün, viel Dunkelbraun freilegen wird, Schwarz an der Wetterseite der Bäume. Sie wird eine Bank finden, deren Sitz die Sonne schon getrocknet haben wird.

*

Solche Träume mussten vorbei sein: Den Tag an der falschen, der Beipackzettelseite aufzureißen, zu wanken, in sich zu sacken wie ein gesprengter Schornstein. Nichts staubte, nichts donnerte. Seine Zunge fror fest. Er zog sich Socken über die Stiefel und rutschte doch. Er stürzte quer in das schwarze Rechteck, das das Auto der Bäckerstochter von Lommis zurückgelassen, quer über die Schneereifstege, die sie vom Auto gefegt hatte. Er lag in seinem Fichtensargleben. Die Knie gegen den fest vernagelten Deckel gestemmt. Klopfzeichen: Es ist nicht gut, dass der Mensch allein sei. Niemand hörte ihn. So durfte es nicht mehr sein. Besser müsste es werden.
Mit dem sich verengenden Tal der Murg wird die Welt nicht an ihr Ende gekommen sein. Der Nebel hat den Himmel knapp über der Haube der Fischinger Kirche gekappt. Die unbehausten dunklen Tannenschrägen sind nun weiß vom falschen Schnee. Da hinauf. Ins Graue. Durch den Nebel

wird ein Traktor klopfen von irgendwo. Die Glocke läutet so kalt vom Turm, als möchte sie zerklirren. Er wird die fremde Frau längst gesehen haben. Sie steigt schon zum Hinterdorf hinaus, Nebelwesen. Die Kamine rauchen dünn und gerade ihr Wohnstubenopfer in den abgesenkten Himmel, in den zu schauen *Vorsicht Dachlawinen* warnen. Die Kälte wird ihm die Nasenwände ausschaben. Durch ein Eisblumenloch schaut ein altes Gesicht: Wasseraugen mit einem Spritzer Blut, schräger Männermund, die Nase rot, die Haare weiß. Sie werden sich zunicken. Die Schulkinder haben ihre Fäustlinge auf die Ohren gelegt und atmen Silberwolle in ihre Schals. Eins tappt, fällt und hat einen weißen Hintern. Ein Mann zieht eine Türe hinter sich zu, an der ein Ährenkranz nachwackelt, kratzt Eis von außen vom Autofenster, sitzt vorgebeugt im schwarzen Mantel und wischt einen Halbkreis von innen ins Autofenster. Wie der Auspuff Dampf auf die von schwarzen Spuren durchzogene Reifstraße wirbelt, möchte er malen können. Er wird in die vom großen Verpackungskünstler über Nacht weiß bereifte Welt schauen, bis ihn friert. Er hat nicht gerechnet mit dem Winter. Er wird zu leicht bekleidet sein. Die Schulkinder grüßen ihn zaghaft, wie einen fremden Hund. Ihre Augen sind klar. Kerblos ihre Gesichter. Der Tropfen rinnt aus einer Nase ohne Nasenhaare. Die Finger der Hand der Bäckerstochter von Fischingen in ihrem Zucker-

duft haben es ihm angetan. Zwischen den Knöcheln seidige Hautpolster. Fingerpyramiden, die vom breiten Ende spitz zu abgekauten Fingernägeln laufen, auf denen Silbermonde überm Fleischrot stehen. Sie wird ihm die Rückgeldrappen für den Nussgipfel so weit ausholend in seine Hand fallen lassen, dass die Hoffnung auf jegliche Berührung abgesagt ist. Er will seine Elefantenhaut ausziehen. Er will leben, er will lieben.
Die Luft wird nach Schnee riechen. Seine Schuhsohlen werden gespickt sein mit Streugut. Ein Wind geht in die Zweige, die Rauhreifstäbchen fallen langsam um sich selber und beschleiern den Boden. Er wird versuchen, sie mit der Zunge zu fangen. Ein mongoloider Passagier der Busbetriebe Hinterthurgau-Wil reibt ein Bullauge in seinen Fensteratem, schiebt mit dem Finger seine Nasenspitze herauf, dass sich die Löcher dehnen, und streckt ihm die Zunge heraus und lacht. Er wird zurücklachen, erschreckend, ob er nicht zu deutsch, zu untertänig lache. Vielleicht sollte er, anstatt sich aufs Hörnli zu quälen, in die Knie gehen, seine Arme ausbreiten, in die lachend ein Kind springt. Eine heiße, so wird er denken, Wange an seiner, erschreckend, ob sie nicht zu iglig sei vom nicht mehr ausraufbaren Bartgrau, ob er nicht stänke nach vergangener Nacht. Am Wegweiser zum Hörnli, 1910 km nach Santiago de Compostela, haben Schuhsohlen kleine Kreuze in

den Reif gedruckt. Es werden ihre sein. Ihr Schritt ist für seinen zu kurz. Aber ihr Atem ist länger. Er folgt ihr den ersten Anstieg hinauf, schon keucht er, schon ist sie nicht mehr zu sehen. Auf dem kühlen Reifbett liegt eine tote Maus auf dem Rücken, die rosa Pfoten erbärmlich vor sich gekrallt, ein Pünktchen Blut unter dem gerafften Maul mit den nun fühllosen Fühlhaaren. Schwesterchen, sagt er, ich habe dich in deinem Elend gesehen.

Die Hinterdorfstraße ist vereist. Er schliddert in den schuhbreiten Fahrrinnen. Alles ist so nebelgrau, dass ihn der rote Kamm, der rote Sack des weißen Gockels erschrecken, der aufkräht, als er vorbeigeht am letzten Haus von Fischingen: Und jetzt noch frische Eier! Aufwärts Schritt vor Schritt. Und manchmal auch ein bisschen abwärts gerutscht. Der Reif schneit nun auf alten Schnee, der zunimmt. Bevor er die erste Kuppe erreicht hat, hustet er schwarzes Gelüng. Die Därme blähen und wollen raus. Da steht er nun mit pumpender Brust. Rückwärts und vorwärts nichts als Nebel, der nässt. Das Tal morst mit einer breughelschen Harmkrähe, dem Busdreiklang, dem Viertelstundenschlag. Abwärts, aufwärts, gerutscht, gesackt, wenigstens verteilt die vermaledeite Schlitterei den Schmerz gleichmäßig über Knöchel und Muskeln. Schöner Rastplatz Melchboden – alles eingeschneit. Dann steht er saudumm da: Der Schwabenweg weist entweder nach oben oder geradeaus. Die Welt ist voller Zeichen, die nichts Genaues besagen. Wenn Pfeiler schief stehen, nützt auch Erfahrung nichts. Er argwöhnt seiner Faulheit und kämpft sich hustend nach oben, aber es kommt kein Schwabenwegweiser mehr. Sehr ausatmend kehrt er die verschenkten Höhenmeter zurück. Der Weg geradeaus endet bald in Wassersümpfen, trügerisch vom Schnee bedeckt. Morast bis an die Schnürsenkel. Es kreuzen sich viele Bächlein hier, sie murmeln nicht, sie glucksen unter dem Eis mit träge sich dehnenden Blasen. Er will hier wieder raus. Er flucht dem Nebel, der keine Himmelsrichtung lesen lässt, keinen Berg, kein Tal.

Der Nebel dickt ein. Kaum kann er Kugel und Wetterfahne auf der Zwiebel der Kirche von Au erkennen. An der Wandertafel gegenüber dem düstren Gasthaus Au sieht er seinen Irrgang ein. Wieder peinigend aufwärts. Im Bildstock sitzt die hl. Idda von Toggenburg hinter Gittern, hält sich die Brust und schielt beseelt ins Höhere. Dem Hirschen an ihrer Seite sind die Hornspitzen geklaut. Die Auer Kirche bimmelt ohn Unterlass, als wolle sie alle Toten erwecken und noch einmal zu Grabe tragen. Steil, so steil, er hustet, es fällt ihm kein anderes Wort mehr ein für steil. Das Stehenbleiben wird länger, die Abstände kürzer. Er keucht und blickt kaum auf und bemerkt nicht, dass er den Schwabenweg verloren hat. So folgt er dem gemeinen thurgauischen Wanderweg, weiß es aber nicht, und wüsste er es, es wär ihm einerlei, er will nur hinaufkommen. Plötzlich sieht er schwach seinen überlängten Schatten vor sich. Nun erst schaut er um sich und sieht das viele Licht. In der Schüssel der Alpe kochen sich Sonne und Nebel zusammen. Eine Scheuer leuchtet. Ein Schneefeld glitzert auf, durch das ein Kind schreit, dem ein Hund nachsetzt in hohen Sprüngen mit schneeweißen Pfoten. Ein Blau über den Nebelfahnen, die aus den schwarzweißen Baumsäumen der höher werdenden Hügel herabsinken. Der Weg ist ein abwärts rasender Schlittelweg, den er hinaufmuss. Das Hirn sagt: voran; die Beine: nein. Im Wald wieder Nebel. Er entscheidet sich für eine in den Weg getretene Spur und weiß sofort, die andere Spur wäre die leichtere gewesen. Im Rutschen schlägt er neben, hinter sich. Volltrunkene Vogelscheuche, Windruderer. Er muss ganz bei sich sein. Sofort gegenhalten. Im Fall den Fall parieren. Immer gleitet er da aus, wo er es nicht erwartet hat. Er tritt fest auf einen Schneebatzen auf, der aber ein Kiesel ist und ihm die Sohle, den Fuß, das Bein, den halben Kerl umhaut. Ein Ast schüppt ihm seine Schneegirlande in den Kragen, die kalt den Rücken runterrinnt. Harschkanten sägen an der freigelegten dünnen Winterhaut zwischen gerutschtem Strumpf und gefrorenem Hosensteg. Grimmes Aufschreien von Motorsägen rundherum im Holzverhau an unsichtbaren Hängen. Und immer feines Blut im Schnee. Die Rehe müssen wunde Fesseln haben. Und immer Pinkelflecken im Schnee, Kotbällchen, die man wohl Losung nennt: Wer da? Ich bins! Der Nebel hängt Lametta in den Stirnhaarwirbel. Das Lot der Laute aus dem Tal wird länger. Vom Himmel nix. Der macht sich mit leichten Aufzügen und wieder schweren Vorhängen lustig. Die Sonne scheint da und ist schon wieder weg. Er ist es nun leid, die Stiefelkuppen in die gefrorene Welt zu schlagen. Eine nach der anderen Menschen- und Pferdeäpfelfährten zweigt ab in bequemere Wege, nur seiner so steil. Sich kreuzende Hasenpfade und der andere, der vorausgehende Tritt, der mal zu weit ist, mal zu kurz, dem er folgt, und schon ist er in eine Verwehung eingesackt bis zum Hintern. Unermüdlich das Sonnen-Lustspiel. Erst dünnt sie den Nebel wie eine Kaugummihaut, schwappt etwas Blau hinein und wischt es wieder auf. Ruft Kuckuck. Leuchtet eine Serpentinenkehre aufwärts aus. Aber hat er sie erreicht, liegt die schon wieder im Kalten. Reißt nun den Himmel auf, und wieder wirft er einen Schatten. Der bleibt, geht mit, wird schärfer. Dann schlägt die Sonne Streifen durch den Wald und tropft von allen Ästen, macht Matsch, küsst die Spinne von der Stirn. Drückt den Nebel ins Tal, ins Tiefe, da krallt er sich noch in die Tannen und bauscht sich auf. Darüber jetzt das Flügelbreiten, Ausholen, die Weite, klarer Himmel. Die Welt kehrt wieder. Ein

Hausgiebel, und der Schwabenweg ist auch wieder da. Die Sonne blendet die Fenster des geschlossenen Gasthofs z. Kreutz auf Allenwinden, in denen gehäkelte Scheibensterne hängen. Er legt die Hände ums Gesicht, schaut hinein, sieht aber kein Licht, keinen Mensch. Gegenüber dem Gasthof steht ein hoher kahler Hügelkegel, darauf eine Bank wie ein blauer Himmelsthron, von dem ihm wer winkt und einen langen schmalen Schatten über die weiße Wiese wirft. Er hat nun die Hälfte der Höhenmeter bis zum Gipfel erreicht. Hinter dem Schild »Hörnli offen« am Gurtzuchtbetrieb Kaltenbrunnen endlich die Alpen. Der Blick fliegt aus dem müden Leib in die Ferne, wo Felsen über Felsen schrecklich erhaben, weiß und zackig stehn, segantiniweit und hodlerharsch, sich die Finger daran zu schneiden. Das ganze All ist wieder da und strahlt wie ein vollendeter Winterurlaub. Hier müsste eine Bank stehn. Hier steht eine Bank. Aber da sitzt schon jemand, da sitzt schon sie.

*

Der Schnee tropft von der Bank, sitzt der Lehne in schiefen Kappen auf. Hier war schon jemand: gelbes Profil umher, eine Kippe, der Sitz geräumt. Das Holz ist grau, es knistert, streckt sich, tut, als herrsche Sommersheiß. Den Rucksack ab, den rückennassen Anorak, die Halswindel ausgebreitet, die Strickjacke aufgeknöpft. Die Schuhbändel sind vereist. Sie zerrt am Knoten, fast knickt der Daumennagel um. Die Wollfüße stellt sie quer auf die Stiefel, sie dampfen. Dann lehnt sie sich zurück, lockert den Hosenbund, schiebt das Hemd hoch und sammelt die Wärme im Bauchnabelnapf. Leicht erschöpft, ist sie ganz bei sich. Atem, Kraft und Gegenwart. Sie schließt die Augen und gibt sich der Sonne hin: den Augendeckeln, der Stirn, der linken Ohrmuschel, den hängenden Händen, den Schnitzen zwischen Strumpf und tauendem Hosensaum. Sie hört ihr Blut, irgendwo hämmert wer, ein Hund, überall tropft der Schnee eine unaufgeregte Symphonie. Die Sonne geht ihr an die Kleider, heizt ihre Knie, schmelzt Schenkel und Schoß zusammen, zündelt Feuerchen auf den Söllern der Brust. So sitzt sie da, der Sonne hingebreitet wie ein Kormoran. Blinder Augenblick. Keine Geschichte mehr. Keine Schädel aufzureißen. Nur da sein, als Sonnending. Aber sie weiß ja ums Ende, die Zeit. Einbrennen, sagt sie sich, ins Gedächtnisarsenal, damit dieser Moment, dann, zuletzt, wiederholbar wäre.

Als sie die Augen öffnet, sieht sie lauter Nebensonnen. Nur langsam findet sie in die überblendete Welt zurück. Sie erkennt halb aus der Schneelast befreite Halme, die abgesunkenen Trichter um die Pfosten des schräg stehenden Zauns, schwarzweiße Wälder, dunkle Kuhsteige in den weißen Wiesenhügeln, die zwei ausgefransten Besenbäume auf den kahlen Appenzeller Hügelhüten. Asphaltschwarze Straßenfäden beschreiben den Talboden. Ein Bauer in einem grellen Overall spritzt über das sich oliv verfärbende Schneefeld aus einem Schlauch, den er kaum halten kann, in hohem Bogen Jauche. Wichtigtuerisch stelzen die schwarzen Krähenmönche im verflüssigten Unrat. Sie schaut so genau, als müsse sie Blick für Blick aufnehmen ins Magazin der Seele.

Sie isst, sie trinkt, sie streckt die trocknenden Füße aus. Spreitet die Arme weiter, kaut mit offenem Mund und fühlt sich wohl. Da sieht sie ihn kommen. Sie zieht die Arme ein, die Füße, das Hemd hinunter, schlägt die Strickjacke über die Brust. Er schlingert durch den Matsch, wie sie geschlingert ist. Sein Kopf ist rot und hängt im Weg. Jetzt sieht sie, dass er sie gesehen hat. Wie er in sie, ist sie in ihn als Andere gefahren. Sie sind nicht mehr allein. Er grimassiert nicht mehr. Er flucht nicht mehr laut über die Tücken des Gehens. Er kontrolliert sich. Er keucht nicht mehr so erbärmlich. Er präsentiert sich. Nun fühlt sie die Kälte ihrer nassen Nackenhaare, des Rückens im kühlen Sonnenschatten und denkt: *Abstand, oder ich morde!* Er schaut so her in ihren Dornrosenkreis; gilt es ihr oder der besetzten Ruhebank? Jeder andere Mensch ist, sofern er nicht liebt, eine Zumutung. Die Jahre der Andringlichkeit, sie mag das nicht mehr. Männer, denen der Hosenboden wie ausgeschissen hängt, hasst sie sowieso. Er soll seinen Schädel geschlossen halten, sie will seine Gedanken nicht wissen. Sie breitet ihre Karte sehr deutlich über die Bank. Er zögert. Er soll ihren Frieden nicht verhunzen mit einem Satz wie: »Kenn ich Sie nicht aus Affeltrangen?« Sein scharfer schwarzer Schatten hat ihre Füße erreicht. Nun geht sein Mund auf in den roten Backen. Die Zähne blecken. Die Krähenfüße ziehen sich und wollen lächeln.

*

Die Bank für sich, das wäre schön gewesen. Verfluchtes Füßesetzen im tiefen Schnee. Er müsste pinkeln, aber nun hat er sie hinter sich. Er wird sich nicht erkennen lassen an einem gelben Trichter mit Tropfenfäden vor eingedrückten Sohlen. Lieber hält er den Harn ein. Er wird vorübergehen. Mit Haltung und distanziertem Gruß. Er ist es leid, für eine Zumutung gehalten zu werden. Sie sitzt auf ihrer Bank wie in einem Schützengraben. Als wäre er ein Anmachkampfhund. Das Zwickelchen Bauch hat er gesehen, bevor sie das Hemd darüberziehen konnte. Fettgewebe macht, Trick der Natur, eine Schönheit, die der Mann immer begreifen will, aber nicht kann, denkt er sich so, und: Gut, dass sie ihm nicht in den Schädel guckt. Tach nickt er und geht vorbei.

Keucht und wackelt so für sich hin zwischen Himmel und Tal. Einmal noch wird er die gepolsterte Hand der Bäckerstochter fassen, aber sie wird die Hand der Sterbeschwester sein, in der seine mit gelber Haut bezogenen gekrümmten Fingerknochen liegen. Er ist ein Moribundus mit Hängearsch. Immer in Erwartung des Schreckens: Schlüssel verlegt, Geldbeutel weg mit allen Karten, dein Hinterrad überholt dich auf der Autobahn, du verreist, und das Haus brennt ab, ein Freund stirbt, du gehst pünktlich gut rasiert zum Arzt und kommst mit Blasenkrebs wieder raus. Er bleibt stehen, alles ist so weiß und leuchtet, wird auftauen, aufblühen, wieder einschneien undsoweiter. Er fasst zwischen Daumen und Zeigefinger den Nasenknorpel, dort, wo sein Fleisch abgefault sein wird vom Nasenbein, diesem gezackten Dreiecksloch im Totenschädel. Immer wenn er an die eine oder andere Bäckerstochter denkt, denkt er ans Dennoch-Nasenküssen, ans Trotzdem-Wangenreiben. Diese Freude über das andere Gesicht. Dies Nichtaufhörenmögen, es zu sehen, es zu berühren, dieses verdammte Aufhörenmüssen. Streichst du das Nähseidenhaar aus der hohen Stirn deines Engels, siehst du das Kind, ein Gummi im Haar, die in die Stirn geschriebene, aber unteilbare Geschichte. Er möchte jede seiner Fingerkuppen an ihrer Schläfe wärmen. Im Trauerweidenhaar sein Zelt aufschlagen. Auf die Augenbrauenloipe gehen.

Mit dem Zungenfinger das Wimpernschilf abzählen, den Druck der Augenwölbung auf dem Lid vermessen. Abtauchen in das Maar der Augen. Er tupft die aufs gerötete Jochbein gefallene Wimper mit dem Finger, bläst sie über die Schulter und wünscht ihr Unsterblichkeit. Statt ihrer sterben wollen, ist Liebe. Sich wünscht er ewige warme Hände um ihre Wangen. Den Stupf der Zungenspitzen will er spüren, der das Gegenteil von Mord und Totschlag ist. Wie er so trottet und trottelt, hat er sich schon verlaufen. Die falsche Schuhspur endet vor Waldarbeitern, die in orangenbunten Overalls vor einem Feuer sitzen wie in Breughels »Heimkehr der Jäger«. Die orangenen Ohrschutzbollen um den Hals. Traktorschleifen, Treckerwendekreise. Schneeruß, nach oben gepflügter Dreck. Pinkelschmelzen, Ölblattern, zerlaufene Feuerstellenlöcher. Er kehrt um, bevor er in Ansprechnähe kommen könnte.

*

Munter wie immer war die Liebe am letzten Morgen aufgebrochen. Der Parkettboden hatte gebebt unter ihren schönen Mailänder Schuhen, die mit den goldenen Schnallen, die, in deren Spitzen die kleinen Zehen sich eingedrückt hatten. Ich murmelte in die Kissen, deins und meines. Der Kaffee zog auf. Als die Liebe mich auf die Stirn küsste, bog ich mit schläfriger Hand ihren duftenden

Hals zu mir. Bis zum Steinplatz, versprachen wir uns wie immer. Munter wie immer war sie um den »defeckten« Aufzug die Treppe hinabgehüpft, ich hörte die Haustür und öffnete, während sie ihr Rad aufschloss, das Fenster. Heute kochst du, rief die Liebe herauf. Was denn, hatte ich zurückgemault. Außer Wurst mir Wurst. Die Schere zwischen mir und ihrem Lachen wurde größer. Ich hatte ihr nachgesehen, weit vorgebeugt, das Fenster drückte mir in die Leisten. Sie hatte hinter sich gewinkt. Schon streute mein Blick, sah in die andere Richtung, war bei mir, beim Einkaufszettel. Und da war sie weg, und ich hatte versäumt, mir ihren letzten Anblick einzubrennen. Ich sehe dich da unten in Aufsicht, deinen über das Rad gebeugten Rücken, dein vorfallendes Haar, deine das Schloss weitenden, das Schloss an die Halterung schließenden Hände, deinen sich aufrichtenden Körper, deinen Blick herauf mit in den Nacken gelegtem Kopf, dein Winken, von dem ich ebensowenig wie von dem anderen weiß, ob es wirklich so war, oder ob es die Summe aller Tage war an diesem Tag, der dein und unser letzter werden sollte. Eine Weile noch schnüffelte ich in den Kissen nach unseren Trüffeln. Erst als der Hausmeister mit der Schelle durchs Treppenhaus stolperte und nachtrunken »Aufzuch tuts« brummte, verschränkte ich die Arme hinter dem Kopf und sah durch das Himmelsfenstergeviert eine flinke Wildtaube fliegen, eine aufgeregte scheckige Elster, eine Lufthansa in Wolkenwatte eintauchen, aus Wolkenschlieren auftauchen. Der Hausmeister grummelte neutrunken im Schacht des Hinterhofes und zerstieß den Restmüll mit einem Spaten. Ich versuchte, mit meinen bunten Stiften einer Fassung des »Woyzeck« beizukommen. Wie immer um zwölf hatte die Liebe aus dem Labor angerufen, und wir versicherten uns des Steinplatzes. Mit dem Essen? Das lassen wir auf uns zukommen. Es sind ja noch Reste da. Um sechs war ich zum Steinplatz gegangen. Und du warst nicht gekommen. Nie mehr.

*

Bevor er die Helligkeit wieder verlassen, bevor er wieder in den Wald muss, in die große Steigung zu den Hörnli-Gipfeln über den diagonalen Schneematschpfad am mühseligen Hang, dreht er sich noch einmal um. Zweigeteilte Welt. Bucklig liegt der Nebel über dem Unten, als habe er es mit Styropor ausgegossen, unter dem die Menschen klein, schwarz, gebückt, vermummt einzeln über Eis und Schnee gehen und sich nicht sehen. Hier oben wird der Himmel immer blauer, der Schnee weißer, ein Blick bis Italien. Am thurgauischen, sanktgallischen, zürcherischen Dreikantonestein ist es aus mit dem Schwabenweg, er heißt nun Jakobsweg mit braunen Plastikzeichen gemäß den Richtlinien der Schweizerwanderwege (SAW). *Wir wünschen Ihnen eine gute Pilgerfahrt. Zürcher Wanderwege (ZAW).* Er rutscht. Er kippelt. Weit kann er nicht fallen, zu viel Strauch und Baum hier. Dennoch hat er Angst. Die macht die Füße tappig. Er fällt vornüber und krallt mit den Fingern in den kalten Schnee. An Handschuhe hat er nicht gedacht. Er kippt schon wieder, die Finger vereist. Die Kniemuskeln zittern ihm wie einem überrissenen Hampelmann.

*

Am Abend des vorletzten Tages hatte ich die bunten Stifte in die Schublade deines toskanischen Schreibtisches gelegt, in die du heimlich kleine Riechblüten gestreut hattest gegen meinen Büchner-Knaster. Lavendel, Eukalyptus. Am Mittelmeer wurde Arkadien erfunden, in Darmstadt die Galle der Melancholie. Wir hatten uns das erste Mal in Siena getroffen vor dem schwarzweißen Dom. Die Liebe schnaufte mit dem Rad durch die Toskana, Schweißkreise und Schweißkeile im Hemd, Sattelfleck am Po, das Haar so wüst. Ich hatte nach meinem nutzlosen Staatsexamen einen klimatisierten Rentnerbus mit Containerklo begleitet und nutzte die Pause im Schatten des schwarzweißen Doms für meine Dramaturgie. Am Abend unseres vorletzten Tages hatte ich etwas Helles gewählt, bevor ich zum

Steinplatz ging. Die Carmerstraße zerschnitten in Sonne und Schatten. Viel Musik aus den offenen Fenstern. Ein mir unbekannter Hund bepinkelte die Kübel vor dem Blumenladen. Das Leben schlenderte durch die Straße und pfiff sich eins, kein Riss, ich war ganz bei mir und bei dir. Am kalt beschlagenen Weinglas rann ein Tropfen hinab. Noch bevor es den Stiel erreichte, bandest du dein Rad an, nahmst den Helm ab und küsstest mich auf die Stirn und verspottetest mich: Ah, Woyzeck gibt die Sommergäste. Die Sonne polierte die schöne Mailänder Schuhspitze. Ruhig hing deine Hand vom Knie herab, dann triumphierte sie: Amerikaner hatten auf einem hinteren Ast den Grund für die spontane Genmutation Progeria infantilis entdeckt. Ich hatte an Progenie gedacht und einen klassischen Rattenvorbiss gemacht. Das wäre, rügte die Liebe, dem Arzt Büchner nicht passiert: Progeria infantilis sei die Krankheit, die Kinder zu Greisen mache, ihnen mit elf versteifte Gelenke beschere und stargraue Augen, Schlaganfälle und sie vor dem ersten Gebrauch ihres Wahlrechtes an Altersschwäche sterben lasse, vollends enthaart, blind, skelettös. Wir werden das meistern, alles wird gut. Ich schaute dir auf den Mund, wie die Oberseite der Zunge an Lippen und Zähne stieß, wie die Lippen sich schürzten, auf- und abgingen, in die Breite, wie sie ihre feuchte rote Innenseite zeigten, wie sie verharrten, wie die Mundwinkel dein Lachen aufsteckten: Bald wird niemand mehr sterben müssen. Morgen entdecke ich die Verrottung der Zähne, es wird keine Zahnprothesen mehr geben, aus denen abends unter dem Wasserstrahl Himbeerkörnchen gespült werden müssen, bis dahin ersetzen wir Himbeeren durch Himbeeraroma. Bald wird niemand mehr leiden müssen unter seinen Mitwölfen, ich entdecke das Gen für Aggression, schneide es heraus, und alles wird besser. Mit welcher Eleganz, mit welchem Schwung die mazedonische Bedienung ihre dicke schwarze Kassiertasche hinter den grünen Schurz stecke, davon könne Woyzeck noch viel lernen. Am Abend unseres vorletzten Tages hatten wir nach unserer blauen Steinplatzstunde eingekauft, mit dem Einkauf dein Rad beladen, Frascati dabei. Wir hatten mit unserem Lieblingspenner geschwatzt, der Blumenfrau, den bekannten Hunden. Wir hatten uns unsere Dinge gezeigt, die Nachbarn und ihre Autos, den an den Häuserwänden entlangschleifenden Hauswart, wir hatten uns vor Hundekacke gewarnt. Du warst mit den Taschen die Treppe hinaufgesprungen, ich hatte den Aufzug mit dem Schiebegitter und den blank gegriffenen Messinggriffen genommen, der es immer noch tat. Du warst zuerst oben und erwartetest mich mit einem Kuss im schnellen Atem. Dann fällten uns Hitze, Wein, der lange Tag. Berührungslos lagen wir aufgebahrt unter dem Himmelsgeviert. Die Luft selbst schwitzte, obwohl die Schreie der Mauersegler schon verflogen waren nach Afrika oder anderswohin. Still und grau stand am Kipppunkt des Tages der Ast der Hofplatane im Fenstergeviert. Ich hörte am Öffnen und Schließen deiner Augen, wann du in Schlaf fielst, wann du aus dem Schlaf zurückkehrtest. Dann war das Himmelsfenstergeviert rotviolett verschmiert. Die Platanenblätter waren nun dunkel und rollten sich auf im beginnenden Nachttau. Die Wohnung sog die Kühle ein. Der Hof lebte auf: Töpfeknallen, Balkonflaschengerumpel, Zwiebelhacken, der helle Klang aus Glas und Metall beim Soßenschlagen, Geschrei, Gelächter, die Kinder stritten im Schacht des Hofes und meckerten mit den Müttern, die zum Abendessen kommandierten. Da kochten auch wir.

*

Weil er sich verlaufen hat und immer langsamer wird, ist sie jetzt hinter ihm. Er sieht sie zwischen den Bäumen am Steilhang, dann verdeckt sie eine Wegeskrümmung. Sie kommt auf. Sie steigt schneller. Er müht sich. Der Atem stampft in seinem Bauch. Die Lunge ist mit Eisenspänen ausgefüllt. Wieder muss er, als sie ihn nicht sehen kann, stehen bleiben und japsen, die kalten Hände auf die Knie gestemmt. Sie verkürzt die Distanz. Sobald der Schneeweg überrußt ist von schwarzem Tannenabfall, sobald die grünen Äste eines gefällten Baumes Halt geben, sobald Rieselwasser Matscherde freigelegt hat, versucht er, schnell und fest aufzutreten. Es nützt nichts; sie kommt auf. Nun wackelt er wieder, greift nach einem Ast, der lose ist und bricht, also fällt er wieder und hat die Hose auch hinten nass. Die Anstrengung taut die Fingereiszapfen nicht. Wenn er sie sehen kann, kann sie ihn auch sehen. Das Wasser quietscht in den Schuhen. Der Rücken ist nass bis in den Po. Nun ist sie so nah, dass keine Biegung mehr ihn abblenden kann.

*

Marie schneidet Zwiebeln fein, weint aber erst, als sie die Zwiebeln vom Brett ins heiße gelbe Fett schabt. Marie lacht beim Weinen. Woyzeck liebt, wie sie ihr Haar hinter die Ohren streift, wie ein gebogenes Strähnchen zurückfällt vors Ohr. Woyzeck schneidet Tomatenwürfel. Er streckt seine tomatensaftigen Hände, von denen er die Ärmel gestreift hat, von sich und küsst Marie auf die Strähne vor dem Ohr. Maries Haar riecht nach Olivenöl, Zwiebeln, schon ein bisschen italienisch. Von Woyzecks Händen tropft Tomaten-, Paradeiserblut. Woyzeck zupft geduldig Blättchen vom Thymianstrauch. Marie schmeißt ihren ganz in die Soße hinein. Schnell bewegen sich Marie und Woyzeck durch ihre Küche, alle Griffe, alle Schritte sitzen. Und wenn sie aneinander geraten, dann absichtlich, mit den Händen, den Schenkeln, den Lippen. Ihre Gesichter röten sich. Die Tomatensoße ploppt und hustet Krater, und als Woyzeck den Spaghettitopf aufgesetzt hat, in dem das Öl mit qualligen Augen schwimmt, setzt sich Marie auf Woyzecks Schoß. Kichern und Kosen. Marie ist Woyzeck etwas zu schwer. Seine Schenkel zittern unter ihrer Weichheit. Er stopft seine Nase in ihr Haar. Wange an Wange, Bein zu Bein, vollzieht Marie in Woyzecks Nacken die Affenfellpflege. Der Kochdampf kämpft mit der Nachtluft vor dem Fenster und gewinnt. Aneinander, ineinander sitzen Woyzeck und Marie und machen so viel Lippenkrach, dass der Hof keine Chance hat mit seinem Fernsehgerumpel, dem Hauswart, der über die Mülltonnen stürzt. Marie schneidet Ciabatta, dass die Krümel spritzen. Woyzeck saut sich mit der Melone ein, bevor Marie die grünrote toskanische Decke auflegt. Und weißt du noch, wo wir die etruskische Untersetzer-Fliese aufgestöbert haben? Du wusstest es noch. Nun Mozart und Wein. Du fragtest wie immer: Wer schöpft? Abgegessen, wolltest du alles stehen und liegen lassen. Ich bereue, darauf bestanden zu haben, abzuschwenken und die Geschirrspülmaschine einzuräumen. Ich wusste nicht, dass es unser letzter Abend war. Hätte ich es gewusst, wäre es nicht dahingekommen, dass Woyzeck und Marie oder Marie und Marie oder

Woyzeck und Woyzeck auf dem Sofa vor dem Fernseher geschwitzt hätten, dass ich dir nur dein Ellenbogenhäutchen gerieben hätte. Volle Bäuche. Nachnaschen und wärmer werdender Wein. Nahe Fremde beim gemeinsamen Pinkeln. Zähneputzen und das Erschrecken über die Zungenunterseite. In der Hitze nur leicht aneinandergelöffelt, versank ich und gestehe, dass mich dabei dein Haar unangenehm kitzelte. Wir entrollten uns. Auftauchend aus einem Traum, freute ich mich deines Duftnestes. Ich steckte meine Hand unter deinen Po und tauchte in einen anderen Traum.

*

Im Sattel zwischen Chli Hörnli und Hörnli hat sie ihn fast eingeholt. Er hört das Schaben ihrer Hose, das Wischen ihrer Ärmel am Anorak. Er glaubt, über seinem ihren Atem zu hören. Bevor sie ihn überholen könnte, schafft er es gerade noch, abzubiegen vom Wanderpfad und auf die milde Fahrstraße auszuweichen. Das Schaben, Zischen, Atmen verliert sich hinter ihm. Er sieht sie auf den elenden Eisserpentinen verschwinden. Er schnauft, schnauft durch, bleibt stehen, freut sich der Füße, die unbeaufsichtigt fürbass laufen, während er umherschaut. Rückwärts im blauen Himmel der weiße Pickel von St. Iddaburg auf dem schwarzweiß gemischten Berg, dessen

Unterteil in der zähen Nebelhose steckt. Dann endet der Wald. Dann ein Licht-Flash, ein Flow dem Herzen: Alpen, Gipfel unter Flugballons im Blauen, soweit das Auge reicht. Ein letztes steilgemeines Stück, dann gehts nicht höher. Er wirft den Rucksack, das Verschwitzte von sich und flätzt sich auf die Bank. Sonne trocknet das Salzgesicht. Sonne dampft die Hosen. Er legt die Hand über die Augen und zählt ab, was er kennt: den Alpstein, die schräge Zimba, die Scesaplana, die Churfirsten, den Speer, Pizol und Mürtschenstock, Spitzmeilen, Glärnisch, die zwei steilen Mythenzähne, den Allerweltsrigi. Genug gesehen, er legt sich über die Bank und breitet seine Seele in die Sonne.
Aus der Bluse der Bäckerstochter von Lommis steigt der Wohlgeruch von Frauenbadezimmern, Christkindelsmarkt. Das Achselzwickelwülstchen rührt ihn, aus der wunderfitzig ein Büschel Achselhaar spitzt. Beim Gedanken an den verletzlichen Nackenflaum gerät er nah ans Weinen, Gedanken an Fallbeil, Nackenschläge. Ihre Schulterkugeln wärmt er in seinen Handpfannen. Schneckenschleckfährte vom Salzleckenköpfchen des Schlüsselbeins zum Napf der Schlüsselbeingrube. Ich möchte deine Ausschnittperle sein. Ich möchte dein Fingerhandschuh sein und die blassen Nagelmonde hüten. Die Adern deiner Hände schützen vor dem Schicksalstatzenstock. Er zeigt der Bäckerstochter die Lebenslinie von

den festen Katzenballen über die Brücke des Handgelenks den weichen Oberarm hinauf, ins Herz, in den Himmel. Ich möchte dein Nasenpiercing sein, dein Lippenfettstift. Ich möchte dein wonderbra, dein Büstenhalter sein. Wie rau der Bäckerstochter in der Kälte die glatte Haut wird. Ihr fröstelt. Also keine Widerrede: Sie werden heiraten. Ein sicheres Auto kaufen der Kinder wegen. Ein Haus wird gebaut oberhalb des Nebels. Da werden sie sitzen am Abend auf dem Sonnensöller und ins Weite schaun. Sie werden die Kinder drücken, tragen, schieben, bis die Kinder sie schieben und zu Grabe tragen werden. Dem Nonnenbäuchlein wird er die gekrümmte Hand auflegen. Den immer ein wenig sauertöpfischen Nabel der Bäckerstochter von Lommis wird er zum Lachen bringen. Die Naht zwischen Nabel und Scham hat Gott geschickt und schön mit Mausehaar vernäht. Er liefe jetzt gern am Venusberg spazieren, doch dreht sie ihm den Rücken. Er spielt Katz und Maus mit ihren Schulterblättern, bis sie schnurrt. Er übt am Handvoll Ärschgen Wangenfangen. Ich möchte dein Schamhaarkitzler sein. Winters wird in den Süden geflogen. Sommers auf die dänische Insel, die nur ihnen und allen Freunden gehört. Man wird einfach sein bei Brot und Mineral. Er wird ihr das Fußsohlenwaschbrettchen entknittern mit sanftem Kinn. Bände ihr jemand das Nummernschild um den großen Zehen und schöbe sie in den Menschenkühlschrank, legte nackt er sich zu ihr und taute sie wieder auf. Zuvor wird besser geheiratet und täglich im Zelthaar genistet. Nächtlich wird er die Erbse unter der Prinzessin sein. Da gibt sich ihm endlich die Bäckerstochter von Lommis hin mit Einfang, Schlupfhuus undsoweiter immerfort.

*

Der Anruf kam erst am nächsten Morgen. Das Gehirn war durch die Rippen des Radhelms getreten. Auf dem Polizeifoto lagen Arme und Beine der Liebe wie ein Hakenkreuz. Während sich der Prozess, ob die Liebe bei Rot oder Grün, hinzog, fiel sie in Unmacht. Aufstehen, riet sie sich und verweigerte den Befehl. Sie stopfte die Nase ins Bettzeug, roch aber die Trüffeln nicht mehr. Die Mutter der Liebe warf sie aus der Wohnung, wechselte das Schloss und klagte noch auf die Herausgabe des Besteckkastens aus Olivenholz, den die Liebe ihr in Siena geschenkt hatte, was sie aber nicht beweisen konnte.

*

Woyzeck hat seine Finger zwischen die Schulternschaufeln von Marie gelegt. Marie schmiegt ihren Rücken in Woyzecks warme Tellerhand. Ihre Schmerzen trollen sich. Eine Nacht ohne diese

Hand im Rücken von Woyzeck oder Marie ist eine verlorene Nacht, die in die Einsamkeit stößt, die den Körper strampeln lässt im Traum, treten, sich verzehren. Die mäßige Hitze von Woyzecks oder Maries Hand wandert in den verklumpten Nacken, Wirbel für Spitzwirbel den Rücken hinunter und füllt die Steißbeingrube. Nur diese von Maries oder Woyzecks Hand sich ausbreitende Erwärmung ist das Schutzschild gegen den schneller werdenden Schlag des Herzens, das von den sich überrollenden Brechern der Angst umhergeworfen wird. Endlich fällt Marie, fällt Woyzeck, ein wenig grunzend und gaumengrummelnd, in den Schlaf. Keine Träume, in denen mit Säbeln Marie auf irgendwen, auf sich, auf Woyzeck, in denen mit Säbeln Woyzeck auf sich, auf irgendwen, auf Marie einhaut, in denen sie niedergemetzelt werden. Woyzeck oder Marie legt der schlafenden Marie, dem schlafenden Woyzeck eine Hand auf die verletzliche Innenseite des Oberschenkels, den scheuesten Fleck der Haut, die zu teilen das Wagnis der Welt ist. Marie und Woyzeck, Marie und Marie, Woyzeck und Woyzeck sind eins, immer zwei, bleiben immer viele: Ach, einander kennen, ach, zusammen ewig sein. Schön wärs, die Liebe könnte Mörder rühren, die Mörderin Zeit. Lass uns festhalten, sagt Marie zu Woyzeck oder Woyzeck zu Marie oder Marie zu Marie, denn das Verlassenmüssen und das Gehenlassenmüssen tun am meisten weh. Wir halten uns fest, sagt wer zu wem, und Marie zu Woyzeck: Nun schauen wir erst mal, wie weit wir überhaupt zusammenkommen. Glück braucht Kleinformat, soll es nicht gleich scheitern. Darüber der Himmel etwas kitschig, konzentrische Strahlen, weißrot.

*

Junge Männer im bloßen Hemd schoben den Schnee unter den nassen Sonnenbänken fort vor dem Berggasthaus Hörnli. Grüezi Grüezi Grüezi Radio 6. Die niedrige Stube des Gasthauses war rotbraun getäfert. Platz war nur noch am langen Tisch in der Mitte, alle Aussichtsnischen besetzt. Unter allen Tischen lagen friedliche Hunde. Er wusste nicht, ob sie ihn erkannte, als er sie fragte, ob der Stuhl noch frei sei. Er saß ihr gegenüber und besah sich die alten Fotos am rostbraunen Täfer, die Verwandlungen des Gasthauses Hörnli, schwarzweiße Panoramen, Grate und Gipfel, einen Pferdeausflug ins Tösstal. Der Kachelofen war grün, daran in Klein das gleiche blauweiße Zürcher Wappen, von Löwen gehalten, wie an der Hauswand. Sie hatte die Brille abgelegt. Ihr Gesicht schien ihm unerschöpft. Ihr Anorak war rot. Er hätte sie gern gefragt, was Vermicelles seien. Er wollte Älplermagronen mit Kartoffeln, Röstzwiebeln und Apfelmus. Sie hatte die letzte Portion bekommen. Also nahm er Gerstensuppe und fünf Dezi süßen Saft. Sie hatte aufgegessen und nickte nur, sagte nicht: Auf Wiedersehn. Er trank einen Kaffee fertig und noch einen. Seine Füße arbeiteten schlampig. Der Abstieg war höllischer als der Aufstieg.

*

In Steg gab es kein Hotel. Sie hätten sich wiedersehen können in Fischenthal: im Gasthaus Blume oder in der Gibswilerstube; in Wald: in der Felsenau oder dem Ochsen oder dem Rössli, im Scheidegg oder im Schwert; oder in Rüti: im Lauferbach oder der Sonne; oder in Jona: im Frohberg oder Kreuz oder der Weinhalde, im Zimmermann. Oder nie oder immer.

Wandernde…

… auf dem Weg nach Compostela und anderswohin hätten die Gelegenheit, noch ganz andere Schriftstücke in ihr Handgepäck zu nehmen. Wir meinen damit nicht so schön erfundene Mörike-Texte *(wie oben S. 34)*, sondern andere Bücher im Zeichen der Libelle, in denen der Bodensee zur literarischen Weltheimat wird:

Otto Frei
Jugend am Ufer
240 S., gebunden,
mit einem Umschlagbild von Adolf Dietrich
ISBN 3-909081-12-6

Otto Frei (1924–1990) vergegenwärtigt in erzählerischen Miniaturen eine Kindheit am Schweizer Ufer des Bodensees, als unter der Bedrohung durch die Deutschen und ihren Krieg die Nachbarschaft über den See für viele Jahre zerstört wurde. Poetisch verdichtete Erinnerungen an eine Jugend, die im Schwung eigener Aufklärung der engen Vaterwelt entkommt und doch der Landschaft verhaftet bleibt.

Jacob Picard
Werke
616 S., gebunden,
mit einem Umschlagbild von Bruno Epple
ISBN 3-909081-48-7

Gesammelte Erzählungen aus dem alemannischen Landjudentum und der Emigration, autobiographische Texte, Gedichte, Literatur-Essays.
Herausgegeben und mit einem ausführlichen biographischen Nachwort über Jacob Picard (1883–1967) von Manfred Bosch.

Die Picard-Auswahl zum Kennenlernen und Verschenken:

Jacob Picard
Und war ihm leicht wie nie zuvor im Leben
Die schönsten Erzählungen
200 S., Broschur,
mit einem Umschlagbild von Bruno Epple
und einem Nachwort von Manfred Bosch
ISBN 3-909081-59-2

Himmelhohes Krähengeschrei
wurde gedruckt mit Unterstützung von:
Kanton Thurgau, Lotteriefonds,
Dr. Heinrich Mezger-Stiftung,
Thurgauische Kulturstiftung Ottoberg

Das spielt im Thurgau, klar,
also einer Landschaft südlich von Konstanz
und nordwestlich vom Zürichsee, noch im Konterfei dieser schönen
Gegend auf einer Wanderkarte können Irrwege und Stationen
exakt verfolgt werden.
Wer diese literarischen Erfindungen aber als Wanderführer liest
wird an manchen Stellen dann ratlos stehen.
Der Verlag nimmt also keinerlei Reklamationen entgegen,
zahlt auch kein Bier in nicht existierenden Beizen
und führt keine Korrespondenzen über historische Zitate aus Quellen,
die zuweilen aus Palimpsesten stammen,
deren Erstschrift nur der Autor kennt.
Wie Martin Zingg schon vor Erscheinen
in der Basler Zeitung schrieb:
»Eine witzige, schnelle Geschichte, die im Handumdrehen vertrautes
Gebiet allein per Erzählen in ein ziemlich verrücktes Territorium
zu verwandeln vermag.«

Das Umschlagbild von Walter Matysiak ist dem Band entnommen
»Walter Matysiak 1915–1985« (Konstanz 1986)

Buchgestaltung wie immer Atelier Phlox Art (1. Stock, links)
im Sommer 2000

Gesamtherstellung: Pustet in Regensburg

1 2 3 4 5   06 05 04 03 02 01 2000

ISBN 3-909081-21-5